KNAUR

INY
LORENTZ

Für das Glück der Freundin

ROMAN

KNAUR

Besuchen Sie uns im Internet:
www.knaur.de

Aus Verantwortung für die Umwelt hat sich die Verlagsgruppe Droemer Knaur zu einer nachhaltigen Buchproduktion verpflichtet. Der bewusste Umgang mit unseren Ressourcen, der Schutz unseres Klimas und der Natur gehören zu unseren obersten Unternehmenszielen. Gemeinsam mit unseren Partnern und Lieferanten setzen wir uns für eine klimaneutrale Buchproduktion ein, die den Erwerb von Klimazertifikaten zur Kompensation des CO_2-Ausstoßes einschließt. Weitere Informationen finden Sie unter: www.klimaneutralerverlag.de

MIX
Papier aus verantwortungsvollen Quellen
FSC® C083411

Originalausgabe September 2021
Knaur Taschenbuch
Ein Imprint der Verlagsgruppe
Droemer Knaur GmbH & Co. KG, München

Redaktion: Regine Weisbrod
Covergestaltung: ZERO Werbeagentur, München
Coverabbildung: Collage unter Verwendung von Motiven von shutterstock.com
Florale Elemente im Innenteil: dinadankersdesign/Shutterstock.com
Satz: Adobe InDesign im Verlag
Druck und Bindung: CPI books GmbH, Leck
ISBN 978-3-426-52762-7

2 4 5 3 1

Ein unerwünschter Freier

1.

Auf dem Bahnsteig standen zwei junge Frauen, die sich in weite Mäntel gehüllt hatten. Die eine war blond und hatte die Haare zu einer modischen Frisur aufgesteckt, während die dunklen Flechten ihrer Begleiterin als adretter Zopf auf den Rücken fielen.

»Willst du das wirklich tun, Ella?«, fragte diese eben recht ängstlich.

Ihre blonde Freundin blickte auf das Fenster des Waggons vor ihnen. In diesem Abteil saß ein junger Mann. Er trug die Uniform eines Leutnants der Gardehusaren und wirkte gelangweilt. »Komm jetzt, Roswith, sonst fährt der Zug ohne uns ab!«, drängte Ella. »Du willst doch nicht, dass ich wie ein Kalb zur Schlachtbank geschleift werde.«

»Es ist keine Schlachtbank, sondern der Traualtar«, wandte ihre Freundin ein.

»Ich weiß nicht, was schlimmer ist! Jedenfalls will ich nicht das Opfer dieses infamen Brauthandels werden.«

»Aber wenn dein Vater es so will?«, fragte Roswith.

»Aber ich will nicht! Wenn du mir nicht helfen magst, tue ich es eben alleine.« Mit diesen Worten bestieg Ella den Zug.

Da Roswith sich nicht vorwerfen lassen wollte, die Freundin im Stich gelassen zu haben, folgte sie ihr in den Waggon. Es war keinen Augenblick zu früh, denn im nächsten Augenblick ertönte der Pfiff des Bahnbeamten, und der Lokführer löste die Bremsen.

Der Zug setzte sich schnaufend und Rauch speiend in Bewegung. Unterdessen sah Ella sich um. Die Abteile waren voneinander getrennt und leer bis auf das, in dem der Husarenleutnant Bernhard von Hohenrath saß. Zwar hätte Ella sich gewünscht, dieser könnte sie sehen, war aber froh, dass kein anderer ihren Auftritt mitbekommen konnte.

»Nun werden wir dem Herrn Offizier zwar nichts zum Schauen, aber doch zum Hören geben können«, sagte sie zu Roswith und nahm in dem Abteil neben dem Bernhard von Hohenraths Platz. Dort atmete sie noch einmal tief durch und zog dann ihren Mantel aus. Darunter kam ein auffälliges, purpurfarbenes Kleid zum Vorschein, das bereits älteren Datums sein musste.

»Bei Gott, Ella, wo hast du diese Scheußlichkeit aufgetrieben?«, fragte Roswith entsetzt.

»Ich hab es in einer alten Truhe auf dem Dachboden gefunden und mir gedacht, es wäre genau das Richtige für mein Vorhaben.«

Roswith schüttelte den Kopf. »So etwas kann vielleicht eine verschrobene, alte Jungfer tragen, aber doch nicht ein Mädchen wie du.«

»Ich hoffe, der Herr Graf nebenan kommt zu der gleichen Ansicht«, antwortete Ella mit einem spöttischen Lächeln.

Nun legte auch Roswith den Mantel ab. Zum Vorschein kam ein adrettes Kleid, das ihr sehr gut stand. Sie zog eine besorgte Miene. »Vielleicht hätte ich mich ebenso kostümieren sollen.«

»Genau das durftest du nicht! Der Herr Graf soll den Unterschied zwischen einem hübschen, bescheidenen Mädchen wie dir und einem vulgären Frauenzimmer wie mir deutlich erkennen.« Ella sprach leise, damit ja kein Wort ins Nachbarabteil drang.

»Sei mir nicht böse, aber in dem purpurnen Zeug siehst du aus wie eine Vogelscheuche«, sagte Roswith kopfschüttelnd. »Man sieht gar nicht, wie hübsch du bist.«

»Du bist hübscher als ich!«, wehrte Ella ab.

»Das stimmt nicht! In diesem Kleid siehst du jedoch grauenhaft aus. Es verleiht dir einen Teint, als wenn du – verzeih mir – eine gute Freundin starker Getränke wärst.«

»Wirklich?« Ellas Augen leuchteten auf. »Dann wollen wir beginnen. Der Herr Graf soll angenehm unterhalten werden!«, sagte sie und begann dann laut und ein wenig schrill zu sprechen. »Du darfst mir gratulieren, meine Liebe! Mein Vater hat einen echten Grafen als Bräutigam für mich an Land gezogen. Schon bald müssen mich alle mit Euer Erlaucht oder wie das heißt anreden!« Ella schämte sich insgeheim für ihr eigenes Auftreten und war daher froh, dass außer dem Offizier, ihr und ihrer Freundin niemand im Waggon der ersten Klasse saß. Sie wäre sonst nicht fähig gewesen, dieses Täuschungsspiel in Szene zu setzen.

»Ja!«, fuhr sie laut fort. »Ein echter Graf! Die doofe Pannwitz wird sich in ihren fetten Allerwertesten beißen, denn sie konnte sich nur einen lumpigen Baron schnappen. Na, da sagst du nichts?«

Es war eine Aufforderung an ihre Freundin, etwas zu diesem Spiel beizutragen.

Roswith schluckte und wünschte sich sehr weit weg. Da sie jedoch versprochen hatte, ihrer Freundin beizustehen, durfte sie nun nicht kneifen. »Einen echten Grafen? In der Tat! Wie kam denn das? Du hast doch letztens erst moniert, dass dein Vater bei den Adeligen dieser Provinz nur sehr wenig Ansehen genießt.«

Ella stieß ein falsches Lachen aus. »Diese Herren Ritter, Barone und Grafen halten sich für Wunder weiß was. Dabei hausen sie in Schlössern mit kaputten Dächern, durch die der Regen dringt, und können nicht einmal ihre Rechnungen bei Schneidern und Stiefelmachern begleichen. Da verlockt es den einen oder anderen doch, beide Augen zuzudrücken und eine Plebejerin mit großer Mitgift in ihren Stammbaum aufzunehmen.«

»Bist du glücklich?«, fragte Roswith, der das Spiel immer peinlicher wurde.

»Natürlich bin ich glücklich!« Ella lachte laut. »Der altadelige Name meines Gemahls und das Geld meines Vaters werden mir ein Leben ermöglichen, auf das selbst eine Made im Speck neidisch sein wird.«

»Und wie heißt dieser Graf?«

»Bernhard von Hohenrath! Sein Vater ist mit dem meinen einig, dass wir nächste Woche Verlobung feiern. Das wird eine Sause, sage ich dir! Da werden den adeligen Herrschaften, die dazu eingeladen sind, die Augen aus dem Kopf quellen. Bald darauf ist Hochzeit. Du wirst doch eine meiner Brautjungfern? Unsere Hochzeitsreise wird uns nach Ägypten zu den Pyramiden führen. Dann kann ich auch wie dieser Napoleon – oder wie er heißt – sagen, dass Jahrtausende auf mich herabschauen!«

2.

Da die Abteile durch Wände voneinander getrennt waren, hatte Bernhard von Hohenrath die beiden jungen Frauen nicht bemerkt, die ins Nebenabteil eingestiegen waren, sondern hing seinen eigenen Gedanken nach. Die Aufforderung seines Vaters, umgehend nach Hause zu kommen, kam ihm völlig ungelegen. Schließlich war er guten Mutes gewesen, seinen Kameraden Thelen bei der aufregend schönen Schauspielerin Tamara endlich auszustechen. Außerdem fand in einer Woche der Regimentsball statt, und an dem wollte er unbedingt teilnehmen.

»Länger als drei Tage kann ich nicht zu Hause bleiben«, sagte er leise vor sich hin, als jemand plötzlich ziemlich laut seinen Namen nannte.

Unwillkürlich hörte er hin und sah sich dann irritiert um. Wie kam diese Frau auf den Gedanken, er könne sie heiraten?, fragte er sich. Es schüttelte ihn bereits bei ihrer Aussprache. Zwar hatte er nichts gegen einen leichten Dialekteinschlag, aber eine halbwegs gebildete Frau sollte sich eines besseren Wortschatzes befleißigen.

Jetzt erklärte sie auch noch, wohin die Hochzeitsreise gehen solle. Obwohl Bernhard Ägypten und die Pyramiden gerne sehen würde, war er sich vollkommen sicher, dass er dies nicht in Gesellschaft dieser »Dame« tun würde.

Was für ein Ausbund an »holder Weiblichkeit«, dachte er. Diese Person redete so laut, als müsse sie jemandem am anderen Ende des Waggons etwas zurufen. Und wie sie angab! Spöttisch verlieh er ihr den Namen Talerprinzessin, denn mit etwas anderem als ihrem Geld konnte sie mit Gewissheit nicht glänzen.

Als Ella sich im Gespräch mit Roswith noch einmal als Plebejerin bezeichnete, stimmte Bernhard von Hohenrath ihr aus vollem Herzen zu.

Wenig später hielt der Zug im Endbahnhof. Bernhard blieb aus einer gewissen Neugier heraus an der Tür stehen und wartete, bis die beiden Frauen das Nebenabteil verließen. Die eine war blond und steckte in einem so unmöglichen Kleid, dass ihm bei dessen Anblick, um ihre Worte zu benutzen, die Augen aus dem Kopf quollen. Die andere hingegen war adrett gekleidet, dunkelhaarig und sehr blass. Sie warf ihm einen kurzen Blick zu, wandte sich aber rasch um und verließ eilig den Zug. Ihre Gefährtin folgte ihr mit langsamen Schritten.

»Was rennst du denn so, Roswith?«, rief sie.

Das musste die Plebejerin sein. Bernhard schüttelte es bei der schrillen, durchdringenden Stimme. Und gerade dieses unsägliche Wesen glaubte fest daran, er werde um ihre Hand anhalten.

»Nie und nimmer!«, schwor er sich und verließ das Abteil.

Er war schon fast an der Zugtür, als ihm einfiel, dass sein Bursche in der Garnison geblieben war und er sich daher selbst um sein Gepäck kümmern musste. Bevor er jedoch umkehren und es holen konnte, hatte der Schaffner es ihm bereits gebracht. »Mit Verlaub, Herr Graf! Ich war so frei!«

»Ich danke Ihnen!« Bernhard reichte ihm einen Vierteltaler und stieg aus. Der Hohenrather Wagen wartete bereits auf ihn. Nachdem der Schaffner den Koffer dem Kutscher gereicht und dieser ihn verstaut hatte, stieg Bernhard ein. Dabei sah er sich um, ob er die unmögliche Plebejerin und deren Gefährtin noch irgendwo entdeckte. Die beiden waren jedoch wie vom Erdboden verschluckt.

War das eine dumme Göre, dachte er noch immer erbost. Dann aber lachte er leise vor sich hin. Höchstwahrscheinlich hatte dieses purpurfarbene Wesen sich vor ihrer Bekannten aufspielen wollen. Diese war, wenn er sich recht erinnerte, ein recht hübsches Ding gewesen und hatte zudem peinlich berührt ausgesehen, als sie ihn entdeckt hatte.

»Dieses aufgetakelte Dämchen sollte sich besser ein Beispiel an ihrer Begleiterin nehmen, als sich so aufzuführen«, murmelte er und trat auf den Wagen zu, der auf ihn wartete.

3.

Ella hatte beim Aussteigen rasch ihren Mantel übergezogen, damit niemand hier, wo man sie kannte, ihr entsetzliches Kleid sah. Nun verschwand sie umgehend im *Gasthof zur Post*, um sich dort in einem Nebenraum umzuziehen.

Roswith leistete ihr Zofendienste, da die Freundin ihre eigene Zofe nicht zu einem angeblichen Reitausflug hatte mitnehmen können.

»Das haben wir Gott sei Dank hinter uns!«, sagte Roswith erleichtert.

»Glaubst du, dass dem Herrn Grafen mein Auftritt gefallen hat?«

»Wenn er jetzt noch um deine Hand anhält, müsste ich an seinem Verstand zweifeln«, antwortete Roswith, »wobei ich immer noch nicht ganz verstehe, warum das notwendig war.«

»Du kennst doch meinen Vater!«, sagte Ella. »Wenn er sich etwas in den Kopf gesetzt hat, will er es auch erreichen. Da er keinen Sohn hat, werde ich einmal sein Vermögen erben. Anstatt sich jedoch einen Schwiegersohn als Nachfolger in der Fabrik zu wünschen, will er, dass ich in die höchsten Spitzen der Gesellschaft einheirate. Da dem alten Graf Hohenrath wohl mehr an der Mitgift als an der Herkunft seiner Schwiegertochter gelegen ist, wurden die beiden handelseinig.«

»Aber du hättest deinem Vater doch sagen können, dass du den Grafen nicht heiraten willst. Wobei ich mich tatsächlich frage, weshalb das eigentlich so ist. Ich habe ihn nur kurz gesehen, fand ihn aber durchaus gutaussehend. Auch hat er große Selbstbeherrschung gezeigt, denn er hat mit keinem Mucks verraten, dass er deine Ausfälle gegen ihn gehört haben muss«, wandte Roswith ein.

»Das sollte er auch!«, sagte Ella mit einem verschmitzten Lächeln. »Aber noch mal zu deiner Frage: Mein Vater würde mich so lange drängen, bis ich nachgebe, obwohl ich weiß, dass ich danach todunglücklich sein würde.«

Roswith war schon mehrfach bei Ella zu Gast gewesen und hatte deren Vater als zwar freundlichen, aber auch sehr energischen Mann kennengelernt. Daher konnte sie sich durchaus vorstellen, dass Ella dem väterlichen Druck nicht lange würde standhalten können.

»So, ich bin fertig!«, erklärte Ella und steckte Kleid und Mantel in eine Tasche. »Die werde ich morgen holen, wenn wir mit dem Wagen unterwegs sind.«

Auch Roswith entledigte sich ihres Mantels und folgte ihrer Freundin nach draußen. Auf dem Hof des Gasthauses befahl Ella einem Stallknecht, ihre untergestellten Stuten zu bringen, und ließ sich von ihm in den Sattel helfen.

»Auf dem Heimweg sollten wir öfter galoppieren, damit wir nicht zu spät nach Hause kommen. Sonst fragt Vater noch, wo wir so lange geblieben sind.« Ella lachte übermütig, denn sie war zuversichtlich, Bernhard von Hohenrath abgeschreckt zu haben, so dass dieser keinen Gedanken mehr an eine mögliche Heirat mit ihr verschwenden würde.

Die beiden trabten los und verließen die kleine Stadt, um das prächtige Heim zu erreichen, das Ellas Vater sich vor zwei Jahren hatte errichten lassen. Es war größer als die Adelssitze in der Umgebung und einer Burg nachempfunden, aber im Innern hochmodern eingerichtet.

Roswith weilte gerne in diesem weitläufigen Gebäude, wünschte sich aber, der jetzige Aufenthalt wäre weniger aufregend. Gerne hätte sie mit Ella über alles gesprochen, was diese bedrückte, spürte aber eine Schranke bei ihr, hinter die sie nicht zu schauen vermochte. Das enttäuschte sie ein wenig, denn in dem feinen Institut für junge Damen, das sie beide besucht hatten, hatten sie einander die intimsten Geheimnisse anvertraut.

4.

Das Schloss lag am Rand eines sanften Tales und wirkte bereits aus der Entfernung imponierend. Ellas Vater hatte es in einiger Entfernung von der Fabrik entfernt erbauen lassen, damit sie von deren Lärm und Schmutz verschont blieben, aber doch so, dass er die Werkshallen in kurzer Zeit erreichen konnte.

In dem, wie Ella es nannte, Nachäffen altadeligen Lebensstils liefen im Schloss mehr Lakaien in Livree und adrett gekleidete Zimmermädchen herum, als ihrer Ansicht nach nötig waren. Ihre Versuche, ihren Vater davon zu überzeugen, weniger protzig aufzutreten, hatten jedoch nicht gefruchtet.

Bei den Ställen glitt sie ohne Hilfe vom Pferd, während Roswith sich aus dem Sattel heben ließ. Danach hielt sie den Stallknecht auf, der die beiden Stuten in den Stall führen wollte.

»Ich brauche *Windsbraut* heute Nachmittag um fünf Uhr noch einmal!«

»Sehr wohl, gnädiges Fräulein!«, antwortete der Mann und brachte die Pferde weg.

»Du willst heute noch einmal ausreiten?«, fragte Roswith verwundert.

»Ich muss mit meinen Gedanken einmal allein sein.«

Roswith schloss daraus, dass sie ihre Freundin nicht begleiten sollte. Erneut hatte sie das Gefühl, als verberge Ella ein Geheimnis vor ihr.

»Du kannst dich in der Zwischenzeit in die Bibliothek setzen und lesen. Das tust du doch so gerne«, sagte ihre Freundin und zwinkerte ihr zu.

Während Ella nur gelegentlich las, so war Roswith ein richtiger Bücherwurm. Schon auf dem Institut für junge Damen hatten sie beide die Eigenheiten der jeweils anderen gekannt und geachtet. Andere waren da weniger feinfühlig gewesen. Die Erinnerung an die Demütigungen, die man Roswith und Ella zugefügt hatte, weil sie die einzigen nichtadeligen Schülerinnen des Instituts gewesen waren, tat immer noch weh.

»Erinnerst du dich noch an Freifräulein Felicitas von Feldenfurt?«, fragte Ella unwillkürlich.

Roswith nickte. »Nur zu gut!«

»Sie brachte für uns beide den Spottnamen ›von Niemand‹ auf, und die anderen spotteten kräftig mit, darunter auch einige Lehrerinnen! Dabei haben unsere Väter das doppelte Schulgeld zahlen müssen, damit man uns überhaupt in dieses noble Institut aufgenommen hat.«

»Nicht alle taten es aus Bosheit«, widersprach Roswith. »Ein paar haben sich später bei mir dafür entschuldigt, doch sie hatten es nicht gewagt, sich gegen die Feldenfurt und deren Gefolge zu stellen. Aber wieso kommst du auf die?«

»Es überkam mich einfach«, antwortete Ella mit einem Achselzucken.

»Man sollte böse Erfahrungen zwar nicht vergessen, darf sich aber auch nicht davon beherrschen lassen«, mahnte Roswith.

Ella wollte etwas entgegnen, doch da trafen sie auf ihren Vater. Dieser lächelte die beiden Mädchen freundlich an. »War der Ausritt schön?«

»Doch, ja! Das war er«, antwortete seine Tochter. »Aber morgen werden wir den Wagen nehmen, um in die Stadt zu fahren.«

»Dann tu das, mein Kindchen! Vielleicht findest du etwas Schönes, das dir gefällt. Es sollte allerdings gediegen sein, damit es einer künftigen Gräfin Hohenrath würdig ist!« Ellas Vater dachte stolz, dass seine Tochter durch diese Heirat einer der ersten und ältesten Adelsfamilien der Provinz angehören würde.

5.

Mittlerweile hatte Bernhard von Hohenrath das Schloss seines Vaters erreicht. Ihm fiel auf, dass deutlich weniger Bedienstete zu sehen waren. Auch wiesen die Livreen einiger Lakaien ein bereits ehrwürdiges Alter auf.

Der Haushofmeister seines Vaters empfing ihn am Eingang. »Seien Sie herzlich willkommen, Herr Graf!« Fragend sah er sich um.

»Ihr Bursche ist diesmal nicht mitgekommen?«

»Ich habe den Guten dazu verdonnert, meine Sachen in der Garnison aufzuräumen. Das muss auch einmal geschehen, zumal mein Vater geschrieben hat, ich könne hier die Dienste seines Kammerdieners in Anspruch nehmen«, antwortete Bernhard und wollte an dem Mann vorbei ins Schloss gehen.

Dieser war jedoch noch nicht fertig. »Ich soll dem Herrn Grafen vom Herrn Grafen ausrichten, dass er Sie in einer halben Stunde in der Bibliothek zu sprechen wünscht.«

»Danke!«, sagte Bernhard und spürte, wie sich ihm die Nackenhaare aufstellten. Wenn sein Vater ihn sofort sehen wollte, hieß dies, dass es eine wichtige Sache zu besprechen gab. Die Begebenheit im Zug fiel ihm ein und die Selbstsicherheit, mit der jenes unmögliche Mädchen behauptet hatte, bald seine Gattin zu sein. Sollte sein Vater von ihm verlangen, dieses Wesen zu heiraten, würde seine Antwort aus einem festen und unverrückbaren Nein bestehen.

Angespannt suchte er die Gemächer auf, die er bei seinen seltenen Besuchen im Schloss bewohnte, und fand dort bereits den Kammerdiener seines Vaters vor.

»Darf ich Herrn Grafen willkommen heißen?«, sagte dieser mit einer Verbeugung.

»Sie dürfen, Dube«, sagte Bernhard und sah, dass sein Koffer bereits gebracht worden war. Dube hatte ein Paar frischer Handschuhe herausgeholt. Nun nahm der Kammerdiener eine Bürste zur Hand und rückte möglichen Staubteilchen auf der Uniform zu Leibe.

»Einen Zivilanzug haben Herr Graf nicht mitgebracht?«, fragte er.

Bernhard lachte auf. »Wenn ich denn einen hätte! Den letzten hat mir mein Vater zur Konfirmation schneidern lassen. Zwei Wochen später kam ich auf die Kadettenakademie und habe seitdem stets Uniform getragen.« Er wunderte sich, weil plötzlich ein Zivilanzug gefordert wurde. Gut zehn Jahre lang hatte er keinen mehr benutzt und auch nicht vor, es in absehbarer Zeit zu tun.

Er wechselte die Handschuhe und warf einen Blick auf seine Taschenuhr. »Wenn mein Vater mich sprechen will, sollte ich jetzt in die Bibliothek gehen.«

»Das hätte ich dem Herrn Grafen sogleich vorgeschlagen«, erklärte der Kammerdiener und widmete sich Bernhards restlichem Gepäck.

»Der Herr Graf haben wenigstens Ihre Ausgehuniform mitgebracht«, sagte er zufrieden.

»Ich dachte mir, wenn Vater Gäste einlädt, ist es besser, wenn ich mich darin präsentiere.«

Bernhard wurde zunehmend unruhig. Zwar hatte er erwartet, dass der eine oder andere Nachbar zu Besuch kam. Nun aber sah es so aus, als wolle sein Vater eine größere Festlichkeit veranstalten.

Mit einer ungewohnten Anspannung verließ er das Zimmer und suchte die Bibliothek auf. Er kam als Erster, und dies war beabsichtigt. Sein Vater wollte keinesfalls warten müssen.

Ein paar Minuten später erschien Graf Rudolf. Er war immer noch eine hoch aufgerichtete, schlanke Gestalt. Auf dem Gesicht entdeckte Bernhard jedoch scharfe Falten. Auch war das Haar mittlerweile grau. Zuerst wunderte er sich darüber, machte sich dann aber bewusst, dass sein Vater fast vierzig Jahre älter war als er und nun dem Alter Tribut zahlen musste.

Bernhard salutierte, bevor er seinen Vater begrüßte. »Guten Tag, ich hoffe, Sie befinden sich wohl?«

»Ich freue mich, dich zu sehen, mein Sohn!« Graf Rudolf ging nicht auf die Frage ein, sondern musterte Bernhard durchdringend. Mit seinen vierundzwanzig Jahren hatte dieser noch einen gewissen jugendlichen Schmelz. Auch sah er gut aus, vielleicht etwas zu hübsch für einen Mann, aber doch männlich genug.

»Nimm Platz!«, forderte Graf Rudolf seinen Sohn auf und setzte sich in einen der großen Ledersessel, die hier in der Bibliothek für Bücherfreunde zur Verfügung standen.

Bernhard gehorchte, und seine Anspannung wuchs. Sein Vater wirkte ungewohnt ernst, fast schon bedrückt.

»Du bist mein einziger Sohn«, begann der alte Graf.

»Der einzige überlebende Sohn!«, korrigierte Bernhard ihn. Er dachte an die beiden Söhne seines Vaters aus erster Ehe. Der ältere war bereits gestorben, bevor er selbst zur Welt gekommen war, den zweiten hatte er als kleiner Junge noch erlebt. Irgendwann hatte es geheißen, sein Bruder wäre bei einem Duell umgekommen. Seitdem war er der Stammhalter, und das brachte Pflichten mit sich, die er gerne einem Bruder überlassen hätte.

»Ja, der einzige überlebende Sohn«, erwiderte sein Vater nach kurzem Bedenken. »Es ist daher deine Pflicht, die Linie fortzuführen. Aus diesem Grund ist es mein Wunsch, dass du deinen Abschied einreichst und heiratest.«

Bernhard dachte nicht daran, sich so ohne Weiteres zu fügen. »Verzeihen Sie, Herr Vater, aber es war Ihr Wunsch, dass ich Soldat werde. Auch gedenke ich nicht zu heiraten, bevor ich das dreißigste Jahr erreicht habe.«

»Dies liegt leider nicht in deinem Ermessen«, sagte sein Vater bitter. »Ich habe mit Herrn von Gras vereinbart, dass du seine Tochter Ella heiraten wirst.«

»Von Gras? Den kenne ich nicht«, sagte Bernhard mit unverkennbarer Abwehr.

»Es handelt sich um den Fabrikbesitzer Gras, der im letzten Jahr geadelt worden ist«, klärte sein Vater ihn auf.

»Der?« Bernhard schluckte. Gras hatte vor zwanzig Jahren ein Viertel des Landbesitzes eines Nachbarn gekauft und eine Fabrik darauf errichten lassen. Einige Jahre später hatte er von einem zweiten Nachbarn einhundert Morgen daran angrenzendes Land erworben, um dort einen protzigen Palast zu erbauen. Bei den altadeligen Familien des Landkreises galt er als Emporkömmling, zu dem man nur den nötigsten Kontakt hielt. Und nun verlangte sein Vater von ihm, dessen Tochter zu heiraten. Da es sich dabei nur um die purpurn gekleidete Vogelscheuche im Zug handeln konnte, die damit angegeben hatte, ihr Vater hätte ihn als Bräutigam für sie an Land gezogen, schüttelte er energisch den Kopf.

»Verzeihen Sie, Herr Vater, doch ich werde Gras' Tochter niemals heiraten.«

»Du wirst es tun, denn du musst!«, erklärte sein Vater mit knirschender Stimme. »Es bleibt uns keine andere Wahl, sonst ist Hohenrath für uns verloren.«

»Wie das?«, fragte Bernhard erschrocken.

»Ich musste vor zwei Jahren das Schloss neu eindecken lassen, da es durch das Dach geregnet hat. Weil ich bei den Banken bereits verschuldet war, weigerten sie sich, mir die Summe zu geben, die ich brauchte. Als Gras davon erfuhr, bot er mir an, mir Geld zu einem geringen Zinssatz zu leihen. Ich griff wie ein Verdurstender zu und ließ mir von ihm weiteres Geld geben, um das Gut wieder ertragreich zu machen. Das ist es zwar wieder, doch nun lasten Schulden in Höhe von zweihunderttausend Talern auf meinen Schultern, die Gras jederzeit von mir fordern kann. Wenn er das tut, bleibt mir nichts anderes übrig, als eine meiner Pistolen zu laden und mir eine Kugel in den Kopf zu schießen. Du wärst danach in den Augen der feinen Gesellschaft ruiniert und könntest weder Offizier bleiben noch eine passende Ehe eingehen. Stattdessen müsstest du dich in den Strom jener einreihen, die in die Vereinigten Staaten auswandern, und dir dort ein neues Leben aufbauen.«

»Gibt es denn keine andere Möglichkeit?«, fragte Bernhard erschüttert. »Unsere Nachbarn haben doch auch Land verkauft! Hohenrath ist viel mehr wert als diese zweihunderttausend Taler. Uns würde genug bleiben, um in Freiheit leben zu können.«

»Wäre es möglich, hätte ich diesen Weg beschritten«, sagte sein Vater. »Hohenrath ist jedoch zur Gänze Fideikommiss. Ich kann weder einen einzigen Morgen Land verkaufen noch eines der Bilder oder andere Kunstwerke, mit denen unsere Ahnen das Schloss geschmückt haben.«

»Aber …«, rief Bernhard und brach dann ab. In seinen Gedanken sah er Gras' laute, vulgäre Tochter, die jedem Menschen mit einer gewissen Bildung die Haare zu Berge stehen ließ. Für den Rest seines Lebens an dieses Wesen gefesselt zu sein, erschien ihm als vorgezogene Höllenstrafe.

»Ella ist Gras' einzige Tochter und wird einmal ein Vermögen erben, von dem noch deine Nachkommen zehren können«, drängte sein Vater weiter.

Könnte man für Geld einen edlen Charakter kaufen, würde Gras' gesamter Besitz nicht ausreichen, um es für dessen Tochter tun zu können, dachte Bernhard. Die Alternative war jedoch, dass sein Vater sich als Ehrenmann mit eigener Hand den Tod geben würde, und daran wollte er um alles in der Welt nicht schuld sein.

»Dann sei es so, wie Sie es wünschen, Vater«, sagte er leise und fand, dass das Schicksal es wahrlich besser mit ihm hätte meinen können.

Eine heimliche Liebe

1.

Als Ella um siebzehn Uhr zu den Ställen ging, zog Roswith sich in die Bibliothek zurück und wählte ein Buch, das sie schon lange hatte lesen wollen. Es fesselte sie jedoch weniger, als sie erhofft hatte. Stattdessen fragte sie sich, welche Geheimnisse ihre Freundin vor ihr verbarg. Es musste eines geben, denn sonst hätte Ella sie auf den Ritt mitnehmen können.

Ihre Gedanken wanderten weiter zu dem jungen Offizier, dem Ella an diesem Tag vorgegaukelt hatte, entsetzlich vulgär zu sein. War es für ihre Freundin wirklich so schlimm, mit ihm verheiratet zu sein?, fragte sie sich. Immerhin war er ein gutaussehender Mann mit einem verträglichen Gemüt. Ein anderer hätte Ella deutlich erklärt, was er von ihrem Auftritt hielt.

Sie musste wieder an Felicitas von Feldenfurt und Ludowika von Pannwitz denken, die ihr und Ella im Institut das Leben zur Hölle gemacht hatten. Was wäre das für eine gelungene Rache für Ella, wenn sie den beiden als Gräfin Hohenrath entgegentreten könnte. Ein uralter Name, der zudem auf das Angenehmste von einem großen Vermögen unterfüttert wurde, dürfte Ella alle Türen öffnen.

Warum wollte ihre Freundin das nicht?, fragte Roswith sich. Sie jedenfalls würde sich nicht sträuben, wenn ihr Vater ihr eine solche Ehe empfehlen würde.

»Jetzt wirst du hochmütig!«, schalt sie sich selbst. Und doch freute sie sich an der Vorstellung, im Glanz einer großartigen Heirat auf ihre Intimfeindinnen vom Institut zu treffen, deren Verhalten sie zutiefst verletzt hatte. Mittlerweile war sie zu der Überzeugung gelangt, dass nicht nur übertriebener Adelsstolz die beiden jungen Damen dazu getrieben hatte, Ella und sie schlechtzumachen. Sowohl ihre Freundin als auch sie waren hübscher als die beiden jungen Edeldamen, und dazu kam noch das Vermögen ihrer Väter, die, ohne mit der Wimper zu zucken, das doppelte Schulgeld aufgebracht hatten, welches von ihnen gefordert worden war. Viele der alten Geschlechter hingegen mussten knapsen, um ihre Töchter überhaupt dorthin schicken zu können.

Erneut rief Roswith sich zur Ordnung. Auch wenn sie sich fürchterlich über die beiden adeligen Mädchen und deren Anhängerinnen geärgert hatte, so durfte sie doch nicht zu schlecht von ihnen denken. Daher verbannte sie die Ludowikas und Felicitas dieser Welt aus ihren Gedanken und fragte sich, was ihre Freundin Ella wohl gerade machte.

2.

Ella von Gras ritt im leichten Trab über den Besitz ihres Vaters. Wer ihr vom Schloss aus nachblickte, musste annehmen, sie wolle durch den Park eine Runde drehen. Kaum aber war das Schloss außer Sicht, lenkte sie ihre Stute in Richtung der Fabrik. Ihrem Vater zufolge war diese Ansammlung von Hallen kein Ort für eine junge Dame wie sie. Es sei laut und schmutzig und der in den meisten Abteilungen herrschende Geruch kaum zu ertragen.

Schon oft hatte sie sich gewünscht, ein Junge zu sein, den der Vater zu seinem Nachfolger hätte erziehen können. Bei einem Mädchen war dies unvorstellbar; als solches hatte sie den Mann zu heiraten, den er ihr präsentierte, und mit diesem Kinder in die Welt setzen, von denen ein Enkel später das Werk ihres Vaters weiterführen konnte.

Ella spürte, dass sie bitter wurde, und kämpfte dagegen an. Auch wenn sie weiblichen Geschlechts war, hieß dies nicht, dass sie alles hinnehmen musste, was der Vater von ihr forderte. Eine Heirat mit Bernhard von Hohenrath mochte dem Stolz ihres Vaters schmeicheln, nicht aber dem ihren.

Sie empfand auch keine Abscheu vor der Fabrik, wie der Vater es ihr einreden wollte, und wusste mehr über die Produkte, die dort hergestellt wurden, als er ahnte. Da man ihm unweigerlich melden würde, wenn sie vor der Fabrik erschien, ritt sie in einem sicheren Abstand daran vorbei. Ihr Ziel war zunächst die kleine Werkssiedlung, die ihr Vater für diejenigen seiner höheren Angestellten hatte errichten lassen, die nicht in dieser Gegend beheimatet waren.

Kurz bevor sie die teilweise recht schmucken Häuser erreichte, bog Ella in Richtung des einzigen Wäldchens ab, das sich auf dem Grundbesitz ihres Vaters befand, und sorgte dafür, dass sie von dem Fenster eines der kleinsten Häuser aus gesehen werden konnte.

Am Rand des Wäldchens rutschte sie aus dem Sattel und führte ihre Stute tief in den Schatten der Kronen. Dort band sie die Zügel an den Ast eines am Boden liegenden Baumes, prüfte, ob dessen Rinde sauber genug war, um sich daraufzusetzen, und nahm Platz.

»Hoffentlich bleibt Kurt nicht zu lange aus«, sagte sie sich leise. »Um neunzehn Uhr muss ich wieder zu Hause und für das Abendessen umgezogen sein.«

Sie bedauerte nicht zum ersten Mal, keine Taschenuhr zu besitzen, von der sie die Zeit ablesen konnte. In den Augen ihres Vaters war eine Uhr ein Attribut des Mannes. Eine Frau hingegen sollte sich nicht in die Fesseln der Zeit schlagen lassen. Wenn es wirklich einmal wichtig werde, so könnte er und später ihr Ehemann ihr dies mitteilen.

Es waren all diese Einschränkungen, die sie einengten, gleichzeitig aber ihren Widerspruchsgeist weckten. War sie, weil sie als Mädchen zur Welt gekommen war, wirklich weniger wert als ein Junge? Ella wusste, dass von tausend Leuten neunhundertneunundneunzig mit Ja antworten würden. Die einzige Gegenstimme würde die ihre sein.

Nein, sagte sie sich. Auch Roswith würde fordern, dass Frauen mehr Achtung entgegengebracht wurde, und zwar echte Achtung und nicht in der Art, dass man sie von jeder Verantwortung fernhalten müsse, weil sie das schwache Geschlecht seien.

Eben schlug die Turmuhr der Kirche im nächsten Dorf. Es war bereits sechs Uhr. Wenn Kurt nicht bald kam, würde sie von dem liegenden Baum aus in den Sattel steigen und nach Hause reiten müssen.

»Beeile dich und komm her!«, flehte sie und versank dann wieder in ihrem Grübeln.

Schritte, die sich rasch näherten, ließen sie aufhorchen. Sie blickte sich um und entdeckte Kurt. Er trug noch den grau karierten Anzug, in dem er zur Arbeit ging, eilte auf sie zu. Lächelnd musterte sie ihn und verglich ihn mit Bernhard von Hohenrath. Genau wie dieser war er hochgewachsen. Aber er war hager und hatte ein eher markantes denn hübsches Gesicht. Zudem wirkte er ein wenig linkisch. Und doch schlug ihr Herz schneller, als sie ihn sah.

Sie sprang auf. »Kurt, endlich! Ich hatte schon Angst, du würdest gar nicht kommen.«

»Ich habe noch in der Fabrik an meiner Erfindung gearbeitet und dabei die Zeit vergessen. Als ich nach Hause kam, berichtete Minna, sie habe dich vorbeireiten sehen. Ich bin so schnell gekommen, wie ich konnte.« Kurt atmete hastig und musste daher zwischen den Sätzen Pausen machen.

»Aber du bist gekommen!«, sagte Ella mit leuchtenden Augen.

»Ich hatte mir überlegt, es nicht zu tun«, antwortete er leise. »Doch ich wollte mich persönlich von dir verabschieden und es nicht per Brief tun.«

»Verabschieden? Aber … Du willst mich doch nicht etwa verlassen?«, rief Ella erregt.

»Was heißt hier wollen! Wenn es nach mir ginge, würden wir beide heiraten und wären glücklich bis ans Ende unserer Tage. Aber du kennst die Pläne deines Vaters. Er würde niemals einen seiner Untergebenen als Schwiegersohn in Erwägung ziehen, denn er greift weit höher.«

»Wenn du Graf Bernhard von Hohenrath meinst: Ich hoffe, ich habe diesem Herrn heute den Zahn gezogen, mich heiraten zu wollen!« Ella kicherte bei den letzten Worten und erzählte von dem Schauspiel, das sie Graf Bernhard mithilfe ihrer Freundin Roswith geboten hatte.

Kurt sah sie bewundernd an. »Du bist so mutig und geschickt. Ich hingegen …«

»Du bist ein ausgezeichneter Ingenieur und wärst für Vater ein weitaus besserer Nachfolger, als es Graf Bernhard je sein könnte«, unterbrach Ella ihn energisch.

»Graf Bernhard muss auch nicht sein Nachfolger werden. Dein Vater will die Firma in eine Aktiengesellschaft umwandeln und kann sie von da an einem angestellten Geschäftsführer übergeben, der sie verwaltet.«

Es gab Augenblicke, da hätte Ella ihrem Geliebten mehr Mut gewünscht. So auch jetzt. Kurt war ein herausragender Ingenieur und würde in die Rolle des Firmenchefs hineinwachsen. Das Hindernis, das dem entgegenstand, schien ihm jedoch unüberwindbar zu sein.

Wenn Graf Bernhard es ablehnte, um sie zu werben, würde ihr Vater vielleicht umdenken, dachte Ella und fasste nach Kurts Händen. »Du darfst nicht verzweifeln!«, beschwor sie ihn. »Der Tag wird kommen, an dem wir eins werden.«

Der junge Mann sah sie an wie ein tapsiger, bettelnder Hund. »Es würde mich überglücklich machen! Doch es darf nichts vorfallen, das dich und deinen Ruf gefährden könnte.«

»Das ist edel von dir gedacht, doch es ist mir lieber, mein Ruf schreckt unerwünschte Freier ab«, sagte Ella mit einer gewissen Schärfe. Sie wünschte sich, ihr Geliebter könnte über seinen Schatten springen und selbstbewusst vor ihren Vater treten. Irgendwann würde dieser begreifen müssen, dass Kurt der ideale Schwiegersohn für ihn war und vor allem der einzige Mann, bei dem sie ihr Glück finden konnte.

Ein weiterer Schlag der Turmuhr ließ Ella jäh hochschrecken. »Ich muss nach Hause, wenn ich rechtzeitig zum Abendessen zurück sein will!«

Bevor Kurt begriff, wie ihm geschah, umarmte sie ihn und berührte seinen Mund mit den Lippen. »Ich liebe dich und will keinem anderen Mann angehören als dir!«

»Du bist ebenso mutig wie schön!« Wieder klang Kurt Löhr so, als wolle er aufgeben, weil er sie für unerreichbar hielt. Sie würde noch mehr auf ihn einwirken müssen, dachte Ella. An diesem Tag jedoch blieb keine Zeit dafür.

»Hebe mich aufs Pferd«, bat sie und legte ihm, als dies geschehen war, ihre Reitgerte auf die Schulter. »Wir treffen uns übermorgen um die gleiche Zeit. Versuche dann bitte, etwas früher zu erscheinen! Und nun auf Wiedersehen! Vergiss niemals, wie sehr ich dich liebe.«

Sie winkte erneut, dann trieb sie die Stute an. Diesmal würde sie scharf galoppieren müssen, um rechtzeitig zu Hause zu sein. Doch um ihrer Liebe zu Kurt willen war sie noch zu sehr viel mehr bereit.

3.

Als Ella ihr Heim erreichte, rutschte sie aus dem Sattel, bevor einer der Stallknechte herbeieilen und ihr helfen konnte, und ließ die Stute einfach laufen. Sie eilte zum Hintereingang des Schlosses, rannte die Treppe zu ihren Gemächern hoch und musste sich zusammennehmen, um nicht zu zappelig zu sein, während ihre Zofe ihr das Reitkleid auszog. Danach wusch sie sich rasch Gesicht und Hände und schlüpfte in das Kleid, in dem sie bei Tisch erscheinen wollte.

Ihre Zofe Irma zupfte noch ein wenig daran herum und trat dann einen Schritt zurück, um ihre Herrin zu betrachten. »So weit wäre alles in Ordnung«, erklärte sie. »Allerdings riechen Sie noch merkbar nach Pferd, gnädiges Fräulein.«

»Wir brauchen ein stark duftendes Parfüm, um das zu überdecken!«, rief Ella. »Vater hält mir sonst einen Vortrag über Reinlichkeit als Zierde einer jungen Dame.«

Ihre Zofe trat zu einem der Schränke, öffnete ein Fach und kramte in den Flakons und Flaschen herum. »Das hier könnte das Richtige sein. Allerdings werden Sie damit eine aufdringliche Wolke verbreiten.«

»Wenn Vater etwas sagt, behaupte ich einfach, ich wollte das Parfüm zuerst ausprobieren, bevor ich es für einen Besuch oder eine Ausfahrt benutze.« Mit diesen Worten tat Ella den Einwand ab und war froh, als ihre Zofe ihr erklärte, dass sie fertig sei.

»Sehr gut! Was ist mit Fräulein Schilcher?«, fragte Ella.

»Fräulein Schilcher hat über ihrem Buch offenbar die Zeit vergessen und ist eben dabei, sich fürs Abendessen fertig zu machen. Immerhin riecht sie nicht nach Pferd.« Es war ein leichter Tadel dafür, dass Ella ohne Begleitung ausgeritten war.

Ella begriff, dass sie es nicht mehr oft tun konnte, sonst würde es irgendwann ihrem Vater zu Ohren kommen. Roswith muss mir helfen!, dachte sie. Dies hieß allerdings, ihre Freundin ins Vertrauen zu ziehen. Das bereitete ihr ein wenig Sorgen, denn Roswith würde solche Heimlichkeiten nicht gutheißen. Allerdings glaubte sie nicht, dass die Freundin sie an ihren Vater verraten würde.

»Du hast recht, Irma! Beim nächsten Mal werde ich Fräulein Schilcher bitten, mich zu begleiten. Es ist auch weit angenehmer, unterwegs ein wenig plaudern zu können. *Windsbraut* ist zwar ein liebes Tier, doch die Kunst des Sprechens hat sie nie gelernt«, sagte sie und eilte zur Tür.

»Ich weiß nicht, ob Sie nur mit Ihrer Stute gesprochen haben!«

Der Tonfall ihrer Zofe ließ Ella zusammenzucken. Offenbar ahnte Irma mehr, als sie sollte. Sie hatte jedoch keine Zeit mehr, sich darum zu kümmern, denn eben erklang der erste Schlag der Uhr. Beim letzten musste sie im Speisezimmer sein.

Ella verließ ihr Ankleidezimmer und eilte zur Treppe. Von der anderen Seite kam Roswith. »Was für ein Zufall!«, rief diese. »So können wir Arm in Arm vor deinen Vater treten.«

Als Antwort fasste Ella ihre Freundin unter. Gemeinsam stiegen sie die Treppe hinab und betraten das Speisezimmer. Ewald von Gras sah den beiden Mädchen wohlgefällig entgegen. Seine Tochter war etwas größer als ihre Freundin und hatte blonde Haare und ein hübsches Gesicht mit hellblauen Augen, die recht energisch blicken konnten. Roswiths braune Augen hingegen wirkten sehr warm in dem rundlichen Gesicht unter dem dunklen Haar. Schön war sie auch, fand er, und ein sehr angenehmer Gast, der einen beruhigenden Einfluss auf seine gelegentlich doch arg rebellische Tochter ausübte.

»Habt ihr euch heute Nachmittag gut unterhalten?«, fragte er.

Roswith nickte. »Das haben wir, Herr von Gras.«

Zu Ellas Erleichterung nahm ihr Vater diese Antwort so hin, als hätten ihre Freundin und sie den Nachmittag gemeinsam verbracht. Er wartete, bis sie sich gesetzt hatten, und winkte den Lakaien, ihnen vorzulegen. Ella musste an ihre Kindheit zurückdenken, in der sie weitaus schlichter gelebt hatten. Damals hatte ihre mittlerweile verstorbene Mutter noch selbst die Speisen verteilt.

Es ist schade, dass Mama so früh von uns gegangen ist, dachte sie. Ihre Mutter hätte gewiss Verständnis für sie und ihre Liebe zu Kurt Löhr gezeigt. Ihr Vater hingegen war aus einfachen Verhältnissen aufgestiegen und tat nun alles, um so zu leben, wie er sich das bei reichen Adeligen vorstellte. Dabei übertrieb er es arg und verprellte die Herrschaften in der Umgebung, so dass sie ihn weitestgehend ignorierten. Von ihrer Heirat mit Bernhard von Hohenrath versprach er sich endlich Zugang zur sogenannten feinen Gesellschaft.

Ella konnte das Streben ihres Vaters nach Anerkennung verstehen. Als mit Abstand reichster Mann im Landkreis und darüber hinaus hätte er es allerdings nicht nötig gehabt, um die Gunst der adeligen Gutsbesitzer zu buhlen, deren Mauern oft nur von teilweise sehr wackeligen Hypotheken gestützt wurden.

Es war gut, dass Ewald von Gras es für vornehm hielt, bei der Mahlzeit nicht zu reden, sonst wäre ihm die Schweigsamkeit seiner Tochter aufgefallen. Roswith hingegen bemerkte durchaus, dass Ella ihren Gedanken nachhing. Fragen aber wollte sie nicht. Entweder berichtete Ella ihr freiwillig, was sie bewegte, oder sie behielt es für sich.

Auch wenn Ewald von Gras in den meisten Dingen dem alten Adel nachäffte und teilweise sogar zu übertreffen suchte, so ließ er sich beim Essen von seinem Magen leiten. Exotische Spielereien mit Lebensmitteln, wie manche hoch gerühmte Köche sie betrieben, kamen bei ihm nicht auf den Tisch, aber ebenso wenig schlichte Hausmannskost. Sein Koch beherrschte sein Handwerk und kochte gut. Ella fand, dass auch ein Graf Hohenrath mit den vorgesetzten Speisen zufrieden sein könnte, sagte sich aber im nächsten Moment, dass Bernhard von Hohenrath der letzte Gast war, den sie hier zu sehen wünschte.

4.

Nach dem Abendessen begaben sich Ella, ihr Vater und Roswith in einen der Salons. Ein Lakai brachte von Gras ein Glas Cognac, ein Zweiter den beiden jungen Damen je ein Glas leichten Weines.

»Ich hoffe, ihr hattet einen schönen Tag«, wiederholte von Gras seinen Wunsch.

»Den hatten wir fürwahr!«, antwortete seine Tochter und dachte an das Schauspiel, das sie Bernhard von Hohenrath geliefert hatte.

»Er war sehr abwechslungsreich«, sagte Roswith, ohne das weiter auszuführen.

»Das freut mich für euch! Ihr seid jung und sollt etwas vom Leben haben. Die Pflichten des Alltags kommen für euch früh genug«, erwiderte Ewald von Gras und trank einen Schluck Cognac. Er musterte seine Tochter mit einem liebevollen Blick. »Du weißt, mein Kind, dein Glück ist mein höchstes Bestreben. Nur für dich habe ich einen Grundstock geschaffen, auf dem du und deine Kinder eure Zukunft aufbauen könnt.«

»Sprich nicht so, als wenn bald die Zeit kommen würde, in der es dich nicht mehr gibt«, sagte Ella abwehrend. »Du bist im besten Alter und gesund. Daher hast du noch viele Jahre vor dir.«

»Im besten Alter wohl nicht mehr! Gesund aber bin ich und hoffe durchaus, noch lange genug zu leben, um meine Enkel aufwachsen zu sehen.«

Ihr Vater lächelte bei diesen Worten so selig, dass Ella sich schämte, seine Pläne zu hintertreiben. Sie wusste jedoch auch, dass sie ihr Glück niemals finden würde, wenn sie sich wie ein Hund an der Leine führen ließ.

Ewald von Gras sprach weiter: »Ich hoffe, dass du dir morgen Abend etwas mehr Zeit nimmst, dich für das Abendessen zurechtzumachen. Auch solltest du eines deiner besten Kleider wählen. Wir werden Gäste haben.«

»Gewiss Geschäftsfreunde von dir?«, mutmaßte Ella.

Ihr Vater schüttelte lächelnd den Kopf. »Falsch geraten! Graf Hohenrath hat mir heute die Nachricht zukommen lassen, dass sein Sohn auf seinem Schloss eingetroffen ist. Beide haben meine Einladung für den morgigen Abend angenommen.«

Oh Gott, nein!, durchfuhr es Ella. Im Eisenbahnwaggon hatte sie Bernhard von Hohenrath die unmögliche Plebejerin vorspielen können. Hier im Haus des Vaters war dies unmöglich. Sie würde damit nicht nur sich selbst, sondern auch ihren Vater bis aufs Blut blamieren und ihn so erzürnen, dass die nächsten Wochen zu einer Folter würden.

Dabei hatte sie gehofft, Bernhard von Hohenrath durch ihren Auftritt im Zug so abgeschreckt zu haben, dass er eine Heirat mit ihr von vorneherein ablehnen und gleich wieder in seine Garnison zurückkehren würde. Stattdessen hatte er die Einladung ihres Vaters angenommen und kam hierher.

Was soll ich nur tun?, fragte sie sich. Die einzige Möglichkeit, die sie sah, war, dem Grafen Hohenrath zwar höflich, aber auch sehr kühl zu begegnen. Vielleicht verlor Graf Bernhard die Lust, um eine Frau zu werben, die die Leidenschaft eines Türstocks zeigte. Ihr Vater würde sie nicht einmal schelten können, da sie es mit der Scheu einer Jungfrau vor so einem entscheidenden Schritt entschuldigen konnte.

»Ich bin sehr stolz, dass es mir gelungen ist, den jungen Hohenrath für dich zu gewinnen!«, erklärte ihr Vater. »Sein Vater ist der führende Herr in diesem Landkreis, und eine Heirat mit seinem Sohn ist das Höchste, was sich ein junges Mädchen wie du ersehnen kann.«

»Was ist, wenn Graf Bernhard eine Verbindung mit mir ablehnt?«, fragte Ella in der Hoffnung, dass es so kommen würde.

Ihr Vater schüttelte zufrieden den Kopf. »Das kann er nicht! Ich habe seinem Vater Kredite in Höhe von zweihunderttausend Talern gewährt. Da er diese nicht zurückzahlen kann, bleibt Graf Bernhard nichts anderes übrig, als um dich zu werben und diese Summe als einen Teil deiner Mitgift zu akzeptieren!«

Empört fuhr Ella hoch. »Das ist ein infames Stück, Vater! Wie müsste ich mich schämen, auf diese Weise geheiratet zu werden. Zudem hätte ich damit zu rechnen, dass Graf Bernhard mir eher Abscheu als Zuneigung entgegenbringt.«

»Das darf er nicht wagen! Ich habe in den Ehevertrag einen Passus aufnehmen lassen, nach dem du in einem solchen Fall die Scheidung von ihm erlangen kannst – und zwar zu seinen Ungunsten!« In diesem Augenblick war Ewald von Gras ganz der energische Geschäftsmann, der sich aus einer kleinen Reparaturwerkstatt zum Besitzer einer stattlichen Fabrik emporgearbeitet hatte. Für ihn hatte Graf Bernhard entweder zu parieren, oder dieser würde seinen Besitz, seine Heimat, sein Ansehen und im Grunde auch seinen Rang verlieren.

Ella graute es bei der Vorstellung, unter solchen Bedingungen verheiratet zu werden. Eine Ehe war kein Geschäft, das man kühlen Herzens abschloss und mit einem Passus für mögliche Verstöße versah.

Als sie Roswith anblickte, fühlte sie, dass ihre Freundin ähnlich dachte. Ich muss dringend mit ihr reden, dachte sie, aber auch mit Kurt. Wenn er sie wirklich so liebte, wie er sagte, musste er den Mut aufbringen, vor ihren Vater zu treten. Kurt war ein guter Ingenieur. Ihn zu verlieren, wäre ein Schlag für die Fabrik. Zudem war da noch die Erfindung, an der er arbeitete und die die Firma ihres Vaters noch erfolgreicher machen würde.

Ella hoffte, dass ihr Vater vernünftig sein und dies anerkennen würde. Dann aber sank ihr Mut wieder. Er hatte sich in den Kopf gesetzt, sie in die Spitze der hiesigen Gesellschaft zu verheiraten, und würde davon niemals abgehen, es sei denn, er wurde durch besondere Umstände dazu gezwungen.

5.

Etwa um die gleiche Zeit saß Bernhard von Hohenrath seinem Vater gegenüber. Dieser versuchte, den Eindruck zu erwecken, als wäre alles in bester Ordnung. Für ihn ging es um Schloss Hohenrath und das dazu zählende Land. Sein Vater und sein Großvater hatten zu flott gelebt, und auch er hatte lange Zeit mehr ausgegeben, als er es hätte tun dürfen. Nun hatte er turmhohe Schulden bei von Gras, die er niemals würde zurückzahlen können. Die einzige Lösung, die ihm blieb, war die Heirat seines Sohnes mit von Gras' Tochter.

Einen Augenblick lang dachte er an jene Märchen, in denen die Helden für Reichtum ihre Seele verpfändeten, winkte dann aber mit einem nachsichtigen Lächeln ab. Die Seele seines Sohnes war ebenso ungefährdet wie die seine. Bernhard konnte zusätzlich zum Erlass der Kreditsumme mit einer prachtvollen Mitgift rechnen, dazu war Ella als Ewald von Gras' einziges Kind dessen Universalerbin.

»Wir Hohenraths werden nach deiner Heirat reicher sein, als wir es je waren«, sagte er zu Bernhard.

Dieser erinnerte sich mit Schaudern an das purpurn gekleidete Wesen, das er im Zug gesehen hatte. So etwas an seiner Seite zu sehen und als Gattin achten zu müssen, wog alles Geld der Welt nicht auf. Um seines Vaters willen aber musste er wohl in diesen sauren Apfel beißen.

»So wie diese Sache sich anlässt, werde ich wohl meine Karriere beim Militär fortsetzen können«, sagte er in der Absicht, die meiste Zeit in der Garnison zu bleiben und seine Frau nur gelegentlich in Hohenrath zu besuchen.

»Wie kommst du auf diesen seltsamen Gedanken?«, fragte sein Vater.

»Sobald ich Gras' Tochter den erstrebten Rang einer Gräfin verschafft habe, werde ich mein Leben so führen, wie ich es mir vorstelle«, erklärte Bernhard kühl.

Sein Vater schüttelte energisch den Kopf. »Das wird nicht möglich sein! Herr von Gras wünscht, dass du mit seiner Tochter auf Hohenrath in enger Gemeinschaft lebst.«

»Herr von Gras sollte sich mit dem zufriedengeben, was er erhält. Das ist für seine Tochter der Titel einer Gräfin. Auch wird es irgendwann Kinder geben, so dass sein Wappen im Stammbaum späterer Hohenraths erscheinen wird!«, rief Bernhard erregt.

»Herr von Gras weiß sehr wohl, was er für sich und seine Tochter wünscht«, antwortete sein Vater. »Er hat den Heiratsvertrag von seinem Hausjuristen aufsetzen und darin alle Punkte berücksichtigen lassen, auf die er Wert legt. Dazu gehört, dass du seiner Tochter mit gebührender Achtung entgegentrittst und sie in die Gesellschaft einführst. Er selbst wünscht, zu allen Festlichkeiten auf Schloss Hohenrath geladen zu werden.«

»Dann wird es hier wohl kaum eine Festlichkeit geben!« Wenn er schon gezwungen wurde, Ella von Gras um sich zu dulden, so wollte Bernhard wenigstens den Vater fernhalten.

Sein Vater hob bedauernd die Hände. »Herr von Gras ließ vier Festlichkeiten pro Jahr im Vertrag festschreiben!«

»Dieser Gras ist ein elender Erpresser!«, rief Bernhard empört aus.

»Er ist ein Geschäftsmann und will als solcher seinen Vorteil wahren. Uns gerät es nicht zum Nachteil, denn nach dieser Heirat werden wir auf Hohenrath ohne die Angst leben, es könnte ein Kredit zur Unzeit zurückgefordert werden. Dann werden wir endlich wieder frei atmen können.« Graf Rudolf klang verärgert. Zwar hatte er bei seinem Sohn ein gewisses Zögern erwartet, nicht aber eine so offen gezeigte Abscheu gegen die Heirat mit Ella von Gras. »Wenn es einen Schuldigen an dieser Entwicklung gibt, so sind es mein Vater, mein Großvater und ich, da wir lange über unsere Verhältnisse gelebt haben, ohne daran zu denken, dass die Schulden sich irgendwann zu einem erdrückenden Berg aufhäufen würden«, sagte der alte Graf leise, aber eindringlich und sah seinen Sohn zwingend an. »Deine Heirat mit Fräulein Ella gibt uns die Möglichkeit, diesen Berg abzutragen und unser Leben wieder in die richtigen Bahnen zu lenken.«

Und dafür soll ich eine Frau heiraten, der jede Lebensart fremd ist, dachte Bernhard erbittert. Er saß jedoch in der Zwickmühle. Weigerte er sich, würde sein Vater als Ehrenmann die Pistole zur Hand nehmen und sich selbst richten müssen, da er Ewald von Gras den Kredit nicht zurückzahlen konnte. Ihm würde nichts anderes übrig bleiben, als auszuwandern, um in der Fremde mit harter Arbeit sein Brot zu verdienen. »Unsere Lage muss wirklich verzweifelt sein, wenn Sie sich auf diesen Ausweg eingelassen haben, Vater! Doch wie es auch sein mag: Ich werde diesen Kelch leeren. Allerdings wäre mir der Schierlingsbecher, der Sokrates gereicht wurde, lieber als dieser Trunk.« Er verneigte sich vor seinem Vater wie vor einem Fremden und verließ den Raum.

Rudolf von Hohenrath sah hinter seinem Sohn her und fragte sich, weshalb dieser sich so vehement gegen eine Ehe mit einem erst kürzlich geadelten Fräulein sträubte. Er hatte Ella von Gras in der Kreisstadt beobachtet und hielt sie für ein hübsches und angenehmes Mädchen. Zudem hatte es in einem teuren Institut für junge Damen gelernt, sich in den besten Kreisen zu bewegen. Sollte Bernhard in der Garnisonsstadt etwa eine heimliche Geliebte haben? Wenn dem so war, würde er diese abfinden müssen, denn der Vertrag, den Ewald von Gras hatte ausfertigen lassen, untersagte es, seine Tochter auf irgendeine Weise zu betrügen.

Tatsächlich fand nun auch der alte Graf, dass von Gras ein Krämer war, der jeden auch nur denkbaren Punkt peinlich genau in den Vertrag hatte aufnehmen lassen. Allerdings war Ewald von Gras auch der Einzige, der verhindern konnte, dass er und sein Sohn Hohenrath verloren und ihre Familie in der Bedeutungslosigkeit versank.

Ein verwegener Plan

1.

Am nächsten Tag beschloss Ella, Roswith ins Vertrauen zu ziehen – allerdings erst nach dem Abendessen mit den beiden Grafen Hohenrath.

Da sie sich erst am nächsten Tag wieder mit Kurt treffen würde, fuhr sie mit Roswith in die Stadt, um ihre Tasche aus dem Gasthof zu holen, und kehrte rechtzeitig nach Hause zurück. Ihr Vater blieb nach dem Mittagessen zu Hause und scheuchte die Dienerschaft herum, weil sein Heim den besten Eindruck auf die Gäste machen sollte. Gegen siebzehn Uhr fand er Ella im Musikzimmer am Klavier, ganz versunken in ihr Spiel. Roswith hatte auf einem Sessel Platz genommen und lauschte ihr aufmerksam.

»Da habt ihr euch versteckt!«, rief von Gras. »Nun solltet ihr euch eilig für den Empfang unserer Gäste bereit machen.«

»Ist es schon so spät?«, fragte seine Tochter. Ein Blick auf die kleine Kaminuhr gab ihr die Antwort, und sie lachte. »Aber Vater, wir haben noch volle zwei Stunden Zeit. So lange benötigen Roswith und ich gewiss nicht, um gestiefelt und gespornt unsere Gäste zu empfangen.«

»Ihr werdet doch wohl nicht im Reitkostüm erscheinen?«, fragte ihr Vater mit einer gewissen Schärfe.

»Es war nur eine Metapher, Vater, die aussagen soll, dass wir bis dorthin auf jeden Fall fertig sein werden«, klärte Ella ihn auf.

»Dann ist es gut!« Eine Mahnung wollte Ewald von Gras aber dann doch aussprechen. »Du wirst die Grafen Hohenrath so empfangen, wie es dir als zukünftiger Schwiegertochter des Vaters und Ehefrau des Sohnes zukommt!«

»Ja, Vater!«

Von Gras nickte zufrieden. Für ihn ging es nicht nur um die Standeserhöhung seiner Tochter durch diese Heirat, sondern auch um zweihunderttausend harte Taler, die Graf Hohenrath ihm schuldete. Schreckte seine Tochter den Freier ab, blieb ihm nichts anderes übrig, als diese Summe zurückzufordern. Da Rudolf von Hohenrath sie nicht zahlen konnte, würde er seinen Stammsitz verlieren. Damit aber würde er selbst in den Augen aller adligen Familien als schofeliger Krämer gelten, mit dem man nach Möglichkeit jeden Kontakt vermied.

Ella hatte ihren Vater für sein Geschick als Geschäftsmann stets bewundert, aber niemals erwartet, dass auch sie einmal Gegenstand eines Handels sein könnte. Und genau das war es, ein Handel zwischen ihm und dem alten Grafen Hohenrath, bei dem sie, obwohl sie eine der Hauptbeteiligten war, keinen Einspruch erheben durfte. Erneut haderte sie damit, nur eine Tochter und kein Sohn zu sein. Zwar hätte sie auch dann eine Ehe schließen müssen, die ihr Vater für sie vorgesehen hätte. Als Mann jedoch hätte sie sich wenigstens eine gewisse Freiheit bewahren können.

Dann aber schüttelte sie den Kopf über sich selbst. Als Mann hätte sie sich nicht in Kurt Löhr verlieben können, und das war weitaus mehr wert als ein anderes Geschlecht.

2.

Auf Schloss Hohenrath machten sich um die Zeit Graf Rudolf und sein Sohn für den Besuch bei von Gras zurecht. Da Bernhard auf keinen Zivilanzug zurückgreifen konnte, trug er seine Ausgehuniform. Mit einem gewissen Bedauern dachte er daran, dass es wohl eines der letzten Male sein würde, dass er als schneidiger Husar auftreten konnte. Der Herrenschneider, der ihn neu einkleiden sollte, war bereits bestellt, und dann hieß es, den Uniformrock mit einem Zivilanzug zu vertauschen.

Als er in das Ankleidezimmer seines Vaters trat, sah dieser ihm forschend entgegen. Mit dem Aussehen seines Sohnes konnte der alte Graf zufrieden sein. Dennoch fühlte er eine gewisse Unruhe. Bernhards Uniform saß zwar untadelig, doch sein Sohn hielt ein Monokel in der Hand und machte ein Gesicht, als ginge es nicht zu einem Abendessen, sondern in eine Schlacht.

Auch Graf Rudolf hatte vor seiner Heirat im Heer gedient, aber nur, weil es in seiner Familie so Sitte war. Nie war er mit ganzem Herzen Soldat gewesen. Für seinen Sohn schien dies anders zu sein. Bernhard wird sich das abgewöhnen müssen, dachte er. Immerhin forderte Ewald von Gras ein ziviles Leben, das vor allem dazu dienen sollte, seine Tochter im Glanz des neu erworbenen Grafentitels erstrahlen zu lassen.

Der alte Graf ließ den Wagen vorfahren und stieg ein.

Bernhard nahm neben ihm Platz. »Nun fahren wir nach Schloss Grasprotzenburg, das Sie niemals betreten wollten«, spottete er.

»Wie kommst du darauf?«

»Nun, als Gras seinen Palast bauen ließ, nannten Sie diesen Bau genauso und haben erklärt, niemals eine Einladung dorthin anzunehmen.«

Obwohl Bernhard die Wahrheit sagte, zuckte sein Vater nur mit den Schultern. »Die Zeiten haben sich gewandelt! Geld regiert nun die Welt, und diese Emporkömmlinge mit ihren Fabriken drängen nach oben. Aufgrund ihres Vermögens fordern sie ihren Platz unter den großen, alten Geschlechtern.«

»Wir haben wahrlich Grund, stolz auf unsere Ahnen zu sein, und vor allem darauf, dass sie unseren Besitz zum Majorat und Fideikommiss erklärt haben«, sagte Bernhard mit bitterem Spott. »Da Sie dadurch nicht einmal eine Quadratelle Land verkaufen oder sie beleihen können, bin ich nun unserer Schulden wegen gezwungen, die Tochter eines Emporkömmlings zu heiraten, die für die Gründer unseres Geschlechts gerade mal für eine Nacht gut genug gewesen wäre.«

Graf Rudolf sah seinen Sohn tadelnd an. »Wenn man dich so hört, könnte man glauben, du seiest nur aus Stolz, Hochmut und Überheblichkeit zusammengesetzt.«

»Stimmt es etwa nicht?«, fragte Bernhard. »Könnten Sie nur ein Viertel unseres Grundbesitzes verkaufen, müssten wir heute nicht nach Grasprotzenburg fahren. Wenn ich es recht bedenke, müssten Sie nicht einmal Land verkaufen, da Sie eine Hypothek hätten aufnehmen können. Das haben unsere Vorfahren mit ihren Erbregeln verhindert.« Bernhard ärgerte sich darüber, denn gerade dieser Stolz seiner Ahnen und ihr Bestreben, sich weit über das einfache Volk zu erheben, hatten seinen Vater und ihn in diese Lage gebracht. Nun war er gezwungen, eine Frau zu heiraten, die er zutiefst verachtete. Es geschieht meinen Ahnen ganz recht, dass sie nun ein Fräulein von Gras im Stammbaum dulden müssen, dachte er mit bissigem Spott. Ihm wäre allerdings lieber gewesen, wenn nicht ausgerechnet er das Opfer gewesen wäre.

3.

Die Kutsche erreichte Gras' Schloss eine Viertelstunde vor neunzehn Uhr. Der Majordomus des Hausherrn empfing sie mit einer tiefen Verbeugung auf dem Vorplatz.

»Graf Rudolf! Graf Bernhard! Seien Sie uns tausendmal willkommen!«

Rudolf von Hohenrath nickte kurz, ohne darauf zu antworten, und trat auf das Schloss zu. Die Freitreppe wirkte wuchtig und wurde von steinernen Löwen eingerahmt. Das Schloss imitierte eine mittelalterliche Burg, zwar ohne Wehrmauer, aber mit einem hohen Turm. Das eigentliche Wohngebäude war riesig und, wie Bernhard beim Eintreten fand, mit viel Geld, aber wenig Geschmack eingerichtet worden. Es sieht aus wie eine Theaterkulisse, dachte er, oder so, wie sich jemand aus dem Volk einen Palast vorstellt, ohne je einen von innen gesehen zu haben.

Von Gras empfing sie in einem der vielen Salons des Schlosses. Zur Feier des Tages trug ihr Gastgeber einen Frack, der seiner untersetzten Figur jedoch wenig schmeichelte, sondern ihm – wie Bernhard fand – das Aussehen eines watschelnden Pinguins verlieh.

Die beiden jungen Frauen, die er bereits im Zug gesehen hatte, befanden sich ebenfalls im Raum. Ella von Gras, seine »Erwählte«, trug ein übertrieben geschmücktes, grünliches Kleid, das sie blass aussehen ließ. Das blonde Haar war zu einer kunstvollen Frisur aufgetürmt worden, so dass sie fast eine Handspanne größer wirkte.

Ella hatte sich sehr viel Mühe gegeben, zum einen, um ihren Vater nicht zu verärgern, und zum anderen, um für einen Mann wie Bernhard von Hohenrath als vulgär zu gelten. Da ihr Vater glaubte, durch übertriebenen Prunk mit den altehrwürdigen Familien dieser Gegend gleichziehen zu können, hatte sie sich für ein Kleid entschieden, das eher für einen Ball als für ein Abendessen passte. Sie trug übertrieben viel Schmuck und hatte das Gesicht so bleich geschminkt, dass Roswith ihr Vorhaltungen gemacht hatte.

Damit Roswith nicht zu sehr von ihrer Freundin abstach, hatte sie ebenfalls ein etwas übertriebenes Kleid gewählt und trug mehr Schmuck, als einer jungen Frau angemessen war. Zudem hatte sie sich eine schwarze Mantilla um die Schultern gelegt. So extravagant gekleidet hätte sie sich zu Hause niemals zeigen dürfen. In den Augen von Ewald von Gras hingegen war Zurückhaltung ein Fehler. Seiner Meinung nach musste man präsentieren, was man hatte und wer man war.

Nachdem sie vor den Gästen brav geknickst hatte, musterte Roswith die beiden Männer. Graf Rudolf war ein älterer Herr, der Ewald von Gras' Begrüßung mit Nonchalance beantwortete und sich auch sonst zurückhielt. Bei Bernhards Auftreten kniff sie kurz die Augen zu. Dieser trat auf seinen Gastgeber zu und salutierte wie vor einem vorgesetzten Offizier.

»Freue mich kolossal, hier antreten zu dürfen!«, erklärte er mit schnarrender Stimme.

»Ich heiße Sie herzlich willkommen«, sagte Ewald von Gras und bat die beiden Herren, Platz zu nehmen.

»Erlaube mir vorher, das Fräulein Tochter zu begrüßen!« Bernhard salutierte nun auch vor Ella, die nicht zu wissen schien, was sie davon zu halten hatte.

»Seien Sie uns willkommen!«, brachte sie mit Mühe heraus und starrte Bernhard an, als wäre er ein sonderbar gefärbtes Pferd.

»Kolossaler Bau!«, fuhr Bernhard mit einem Blick in die Runde fort. »Für die Kosten hätte man ein ganzes Regiment zu Pferd ausrüsten können, samt Remonten und Artillerie!«

Bei Gott, was ist das für ein Mensch!, dachte Roswith entsetzt. Da ist es kein Wunder, dass Ella eine Heirat mit ihm ablehnt.

Zwei Lakaien reichten den Herren Cognac zur Begrüßung, während Ella und Roswith einen leichten Likör erhielten.

Ewald von Gras hob sein Glas. »Ich hoffe, Sie von nun an öfter hier als Gäste begrüßen zu können.«

»Werde gewiss kommen!«, schnarrte Bernhard. »Das hier ist eine feudalöse Hütte. Kann meine Regimentskameraden einladen. Werden staunen, wenn sie es sehen.«

Der Begriff Hütte gefiel von Gras zwar nicht, das andere aber schmeichelte ihm. Zwar war ihm Bernhard etwas zu militärisch, aber das musste man dem jungen Grafen wohl nachsehen.

In diesem Ton ging das Gespräch weiter. Graf Rudolf trug wenig dazu bei, und auch Ella schwieg zumeist, während Ewald von Gras, durch einige geschickte Bemerkungen Bernhards angestachelt, stolz berichtete, wie viel Geld ihn dieses Schloss gekostet hatte.

»Ich musste mich mehrfach mit dem Architekten streiten und habe auch einen gefeuert, weil er einfach nicht begreifen wollte, dass mein Schloss etwas darzustellen hat. Er wollte mir unbedingt eine kleine Villa aufschwatzen, doch mit der hätte ich auf niemanden Eindruck gemacht«, setzte er zufrieden hinzu.

»Ist ein großartiger Bau!«, lobte Bernhard das Schloss mit einem seltsamen Unterton. »Werde mich wohl meistens hier aufhalten. Ist mehr Platz als auf Hohenrath!«

Während von Gras die Freude darüber vom Gesicht abzulesen war, zog Roswith die Stirn kraus. Bernhard von Hohenraths großsprecherisches Auftreten passte nicht zu der beherrschten Art, mit der er Ellas Maskenspiel im Zug aufgenommen hatte. Sie beobachtete ihn weiter und kam zu dem Schluss, dass er eine Rolle spielte, die nicht seinem Wesen entsprach.

War dies die Revanche für Ellas Darbietung?, fragte sie sich. Wenn ja, besaß Graf Bernhard mehr Humor, als sie ihm zugetraut hätte. Er lobte die Einrichtung des Speisezimmers, die ebenso protzig war wie der Rest des Schlosses, schlürfte laut und behaglich die Suppe und ließ sich danach die Wachtelbrüstchen, die in Wein eingelegten Schweinelendchen und die Stücke vom Wels schmecken.

»Wirklich feudal! Besser noch als bei General von Krottenburg, bei dem wir nach dem letzten Manöver eingeladen waren«, erklärte Bernhard und gab dem Lakaien, der hinter ihm stand, einen Wink, dass der Inhalt seines Glases aufgefüllt werden müsse. »Grandioser Tropfen! Werde wirklich öfter hier sein als drüben in der alten Hütte.«

Diesmal hatte Graf Rudolf am Ausspruch seines Sohnes offenkundig zu kauen. Roswith fing den Blick auf, mit dem der Vater den Sohn musterte, und fand sich bestätigt. Da Ella sich im Zug unmöglich benommen hatte, zahlte Bernhard von Hohenrath es ihr heute mit gleicher Münze zurück.

Ich werde mit Ella reden und ihr sagen, dass Graf Bernhard bei Weitem nicht so schlimm ist, wie sie vielleicht denken mag, dachte Roswith, als Bernhard aufstand und erneut vor von Gras salutierte.

»Bin nicht nur zum Speisen gekommen! Freue mich, Ihrem Fräulein Tochter mitteilen zu können, dass es mir eine Ehre ist, sie zu heiraten.«

Als Ewald von Gras dies hörte, strahlte ihm das Glück förmlich aus den Augen. »Herr Graf sehen mich außer mir vor Freude! Es ist mir ein großes Pläsier, Ihnen meine Einwilligung mitzuteilen.«

»Bin äußerst erfreut! Mein Fräulein, bin der Ihre!« Bernhard salutierte erneut und setzte sich dann wieder, um sich mit sichtlichem Appetit den Nachspeisen zu widmen, die aus verschiedenen Kuchen und einer gewaltigen Eisbombe bestanden.

4.

Im Nachhinein war Ewald von Gras der Einzige, der mit dem Verlauf des Abends zufrieden war. Graf Rudolf haderte mit seinem Sohn, der so getan hatte, als bewundere er die geschmacklichen Verirrungen, die von Gras' Prunksucht geschuldet waren. Zwar war Bernhard etwas beruhigt, was seine zukünftige Braut betraf, glaubte aber, dass sie mit Sicherheit jedes Fettnäpfchen finden würde, in das sie bei der feinen Gesellschaft tappen konnte.

Ella selbst machte aus ihrer Meinung über ihn im Gespräch mit Roswith keinen Hehl. »Graf Bernhard ist ein aufgeblasener Fant! Der würde selbst die größte Scheußlichkeit heiraten, wenn ihre Mitgift nur groß genug wäre.«

»Die deine ist es!«, antwortete Roswith. »Allerdings bist du keine Scheußlichkeit, auch wenn du ihm dies vorgaukeln willst. Ich glaube, ihr werdet euch mit etwas gutem Willen aneinander gewöhnen und eine brauchbare Ehe führen.«

»Ich werde Graf Bernhard niemals heiraten!«, rief Ella erregt. »Selbst, wenn er der beste Mann der Welt wäre, würde ich ihn nicht wollen.«

Sie schwieg einen Augenblick, fasste Roswith bei den Schultern und sah sie verzweifelt an. »Ich kann ihn nicht heiraten, weil mein Herz einem anderen gehört.«

»Aber wie um alles in der Welt ist das zugegangen?«, fragte Roswith überrascht.

»Er heißt Kurt Löhr und ist Ingenieur in der Fabrik meines Vaters. Ich habe ihn vor einem halben Jahr kennengelernt, als Vater seine leitenden Angestellten hierher eingeladen hat.«

Roswith sah ihre Freundin erschrocken an. »Das ist nicht gut!«

»Er war damals noch neu in der Fabrik und kannte nur wenige Leute. Die aber drängten sich um meinen Vater, um ihm zu schmeicheln. Nur Kurt blieb davon ausgeschlossen. Daher habe ich ihn angesprochen. Er war so dankbar und …«, Ella verstummte einen Augenblick, »… und ich verliebte mich in ihn.«

»Und er sich in dich?«

»Er hielt höflich Abstand. Als ich ein paar Tage später erfuhr, dass Vater ihn in die Stadt geschickt hatte, um vom

Bahnhof neue Teile abzuholen, bin ich hingeritten und habe ihn dort getroffen. Das habe ich danach immer wieder getan. Als ich dann feststellte, dass ihm viel an mir lag, schlug ich vor, uns bei dem kleinen Wäldchen in der Nähe der Fabriksiedlung zu treffen.«

»Nein!« Nun klang Roswith regelrecht panisch. »Und das habt ihr wirklich getan?«

Ella nickte, sah ihre Freundin dann aber kämpferisch an. »Es ist nichts von dem vorgefallen, was du annehmen könntest. Kurt ist ein Ehrenmann!«

»Aber niemand, den dein Vater einem Grafen Hohenrath vorziehen würde«, gab Roswith zu bedenken.

»Kurt arbeitet an einer Erfindung, durch die Vater sehr viel Geld verdienen kann. Aber noch ist er damit nicht fertig, und es bleibt auch keine Zeit mehr, darauf zu warten. Vater will bereits nächste Woche meine Verlobung feiern, und dafür will er alles einladen, was in dieser Gegend Rang und Namen hat. Sobald die Verlobungsfeier stattgefunden hat, ist es zu spät. Dann kann ich mich nicht mehr weigern, Graf Bernhard zu heiraten.«

Ella klang so verzweifelt, dass Roswith sie in die Arme schloss. »Du Ärmste! Aber du kannst die Verlobung doch wieder lösen! Selbst vor dem Traualtar könntest du noch Nein sagen.«

»Es würde meinen Vater zutiefst kränken und zudem seinen und meinen Ruf für immer ruinieren«, antwortete Ella mühsam beherrscht.

»Und was willst du stattdessen tun?«, fragte Roswith.

»Ich habe mich für morgen wieder mit Kurt verabredet. Ich bitte dich, mich zu begleiten, damit es unauffälliger aussieht. Wenn mein Vater zu früh von meiner Liebe zu Kurt erfährt, wird er ihn entlassen und mich bei Wasser und Brot in mein Zimmer sperren, bis ich mürbe genug bin, Graf Bernhard zu ehelichen.«

Für Roswith gab es bei dieser Angelegenheit etliche Pferdefüße, an die ihre Freundin nicht zu denken schien. Wenn Ella einer Verlobung mit Graf Bernhard entgehen wollte, musste sie mindestens eine Nacht wegbleiben und diese mit ihrem Kurt verbringen. Der Skandal, den eine solche Tat nach sich zog, würde nicht geringer sein als nach einer gelösten Verlobung oder einem Nein vor dem Traualtar. Eher noch größer, dachte Roswith. Doch als sie dies ihrer Freundin sagte, schüttelte diese wild den Kopf.

»Die Lästermäuler werden sich schon beruhigen! Wichtig ist allein, dass ich mit Kurt eins werde, denn ich kann nur mit ihm glücklich werden. Du wirst mir allerdings helfen müssen.«

»Mir ist es schon nicht recht, dich zu dem Stelldichein mit deinem Geliebten zu begleiten. Aber dich auch noch bei einer Flucht zu unterstützen, ist ein Ding der Unmöglichkeit!«

Ella klammerte sich verzweifelt an sie. »Wir sind doch Freundinnen und haben einander während der schlimmen Zeit im Institut immer geholfen. Ich habe niemand anderen als dich. Wenn du mir nicht beistehst, weiß ich nicht, wie ich mein Glück finden soll.«

Der Hinweis auf die gemeinsamen Jahre im Institut für junge Damen verfing. Als die Sensiblere von beiden hatte Roswith Ella weitaus mehr gebraucht als diese sie. Wenn sie ihre Freundin jetzt im Stich ließ, war sie deren Hilfe nicht wert gewesen.

»Also gut«, sagte sie leise. »Ich komme morgen mit und sehe mir deinen Kurt an. Sollte er mir zusagen, können wir auch über mehr reden.«

»Ich wusste, du würdest mich nicht im Stich lassen!«, rief Ella jubelnd und küsste Roswith auf beide Wangen.

5.

Da die beiden jungen Frauen beinahe jeden Tag zusammen ausritten, dachte sich auch an diesem Nachmittag niemand etwas dabei. Ellas Zofe Irma war sogar erleichtert. Sosehr ihre Herrin bei ihren Treffen mit Kurt Löhr um Heimlichkeit bemüht gewesen war, so gab es doch bereits Gerüchte. Roswiths Anwesenheit schloss jedoch nach Irmas Ansicht ein solches Tête-à-Tête aus.

Roswith war gespannt auf den jungen Ingenieur, der das Herz ihrer Freundin in Aufruhr versetzt hatte. Sie ritten gemütlich, so dass sie kurz vor siebzehn Uhr das Wäldchen erreichten und dort von den Pferden stiegen. Kurt Löhr wartete bereits, schreckte aber zurück, als er Ellas Begleiterin sah.

»Bleib, du Dummer!«, sagte Ella lachend. »Roswith steht auf unserer Seite und wird uns helfen.«

»Welche Hilfe ist noch möglich, da deine Verlobung mit Graf Bernhard beschlossene Sache ist?«, antwortete Kurt verzagt. Ewald von Gras hatte diese Tatsache stolz in der Firma verkündet, und er sah nun den Traum seines Lebens verwehen.

Ella winkte ab. »Fasse Mut, mein Geliebter! Der Tag ist nicht mehr fern, an dem wir uns gegenseitig gehören werden. Roswith wird uns helfen. Wir müssen nur kühn sein und bereit, Wege zu gehen, vor denen du jetzt noch zurückschrecken magst.«

»Glaubst du, es könnte möglich sein?«, fragte Kurt mit neu erwachender Hoffnung und kniete vor Ella nieder. »Du bist wie ein Engel für mich, und ich kann es kaum glauben, dass du meinetwegen auf die Heirat mit einem so hochgestellten Herrn wie Graf Bernhard von Hohenrath verzichten willst.«

Roswith betrachtete unterdessen den jungen Mann und verglich ihn unwillkürlich mit Ellas unerwünschtem Bräutigam. Beide waren groß, wobei Kurt eher schlaksig wirkte. Er war nicht hässlich, kam aber im Aussehen bei Weitem nicht an den jungen Grafen heran. Zudem erinnerte seine Haltung sie an einen jungen Hund, der bettelnd vor seinem Herrn oder in diesem Fall vor seiner Herrin stand.

Da fiel es ihr wie Schuppen von den Augen. Nicht sein Aussehen hatte Ella für ihn eingenommen, auch nicht die Tatsache, dass er ein aufstrebender Ingenieur war, sondern seine Bereitschaft, sie anzubeten und sich in allem ihren Launen zu unterwerfen. Für eine Frau wie Ella, deren Energie sich unter der Herrschaft des Vaters nicht entfalten durfte, war Kurt der ideale Ehemann. Er würde sie nicht von Entscheidungen ausschließen, sondern um Rat fragen. Auch wenn es hieß, dass Frauen über weniger Wissen verfügten als Männer, so konnte Ella sich die notwendigen Kenntnisse aneignen und ihrem Ehemann eine wertvolle Stütze sein.

Bei dem Gedanken verzog Roswith den Mund. Jetzt tat sie schon, als wäre ihre Freundin mit dem jungen Ingenieur verheiratet. Dabei türmten sich etliche Hindernisse vor dem jungen Paar auf. Als Erstes war da Ellas Vater zu nennen. Ewald von Gras würde Kurt Löhr niemals einem Grafen von Hohenrath vorziehen, auch wenn dieser nicht nur ein ausgezeichneter Ingenieur war, sondern sich auch als sein Nachfolger eignen würde. Ella und Kurt blieb daher nur die Flucht. Die musste allerdings gut vorbereitet werden, denn sie durften um keinen Preis der Welt zu rasch gefunden werden. Roswith hätte dies niemals gewagt, sagte sich aber, dass Ella schon immer entschlossener gewesen war als sie. Diesen Mut würde ihre Freundin brauchen, wenn sie den Kampf um ihre Liebe zu ihren Gunsten entscheiden wollte.

Roswith trat auf das junge Paar zu, das eifrig miteinander beratschlagte. »Ich bitte euch um eines!«, sagte sie. »Sagt mir nicht, was ihr vorhabt und auf welche Weise ihr es durchführen wollt, damit ich es nicht aus Versehen verraten kann.«

»Das ist ein kluger Rat!«, lobte Ella sie. »Du solltest daher ein paar Schritte beiseitegehen, damit du uns nicht zuhören kannst. Um eines aber bitte ich dich: Dein Vater hat dich mit einer gewissen Summe versehen, die du ausgeben kannst. Da ich nicht weiß, wie weit mein Nadelgeld, das ich zusammengehalten habe, und Kurts Ersparnisse ausreichen, würde ich mich freuen, wenn du mir mit einem Teil davon aushelfen könntest.«

»Das tue ich gerne!«, antwortete Roswith und trat ein gutes Dutzend Schritte zurück.

6.

Kurt Löhr war ein Opfer widerstrebendster Gefühle. Er liebte Ella mehr als sein Leben, doch gerade deswegen fragte er sich, ob er sich auf ihren verwegenen Plan einlassen sollte. War ihr Vater zu zornig, um ihnen zu verzeihen, würde sie all die Annehmlichkeiten verlieren, die derzeit für sie selbstverständlich waren. Ihn würde Ewald von Gras fristlos entlassen. Ob er dann eine Stelle fand, in der er Ella das Leben bieten konnte, welches sie verdiente, erschien ihm zweifelhaft.

Ebenso wenig wollte er in ihren Augen als verzagter Molch gelten, der es nicht wagte, den Stürmen des Lebens zu trotzen. Sie liebte ihn, und er wollte sich dieser Liebe würdig erweisen. Doch würde ihre Liebe Bestand haben, wenn sie in einer winzigen Wohnung hausen und sie sich selbst an den Herd stellen musste?

Ella spürte Kurts Zweifel und ärgerte sich in gewisser Weise darüber. Damit diese Gefühle jedoch nicht überhandnahmen, musste sie ihm Mut machen.

»Wir werden dem Schicksal trotzen!«, sagte sie leise, aber mit Nachdruck. »Auch ist unsere Situation nicht so schlimm, wie du anzunehmen scheinst. Immerhin bin ich Vaters einziges Kind, und er wird mich gewiss nicht verstoßen. Zumal«, Ella schwieg einen Augenblick und hob belehrend den

Zeigefinger, »du ihm deine Erfindung als Morgengabe überbringen kannst. Vater ist zu sehr Geschäftsmann, um sie der Konkurrenz zu überlassen, an die du sie im Falle seiner Weigerung verkaufen müsstest.«

Ella hoffte, dass es nicht dazu kommen würde, denn sie hing an der Fabrik und war stolz auf ihren Vater, der das Werk buchstäblich aus dem Nichts heraus aufgebaut hatte. Dazu bedurfte es einer gewissen Härte, die sie an ihm bewunderte und die sie wenigstens teilweise von ihm geerbt hatte. Zwar besaß Kurt diese Härte nicht im gleichen Maß, würde aber mit seinem Können und seinem Wissen dafür sorgen, dass die Firma stets an der Spitze der Entwicklung stand. Um den Rest würde sie sich kümmern.

Dies war jedoch nichts, was im Augenblick besprochen werden musste. Stattdessen galt es, Kurt zu überzeugen, dass er sich auf ihre Pläne einließ und diesen folgte.

»Da uns nicht viel Zeit bleibt, müssen wir rasch handeln«, erklärte sie.

»Aber was können wir tun? Heiraten ist nun einmal schwieriger, als einen Hut zu kaufen«, wandte er ein.

»Eine Nacht, die ich mit dir und nicht zu Hause verbringe, würde Graf Bernhard davon abhalten, mich zu heiraten!« So ganz sicher war Ella sich dessen allerdings nicht, da Bernhards Vater hohe Schulden bei ihrem Vater hatte und sich womöglich gezwungen sähe, selbst bei einer solchen Eskapade beide Augen zuzudrücken.

»Es ist mein Ziel, die Ehe mit dir einzugehen, bevor Vater dies verhindern kann«, fuhr sie daher fort.

»Aber dafür bräuchten wir deine Papiere und müssten das Aufgebot bestellen«, wandte Kurt ein.

Ella wünschte sich, er würde seinen Verstand und seinen Erfindungsgeist nicht nur dazu benützen, seine neue Maschine fertigzustellen, sondern auch, um eine Möglichkeit zu finden, wie sie heiraten konnten, ohne dass ihr Vater davon

Wind bekam. Dann aber dachte sie, dass sie wohl Manns … nein, Frau genug war, diesen gordischen Knoten zu lösen.

»Ich habe in Erfahrung gebracht, dass wir in mindestens einem thüringischen Fürstentum ohne Aufgebot und Wartezeit die Ehe eingehen könnten. Wir müssten aber die dortige Staatsangehörigkeit annehmen, und die wird in einem solchen Fall nur gegen eine gewisse Summe verliehen, die man sofort bezahlen muss. Ähnlich ist es mit der Sondererlaubnis für eine sofortige Eheschließung. Ich kenne die Summe nicht, glaube aber, dass sie den Inhalt unserer Börsen übersteigen dürfte, zumal wir ja auch einige Zeit von unserem Geld leben müssten.«

»Wenn es nicht anders geht, werde ich meine Erfindung einem Konkurrenten anbieten und um Vorkasse bitten«, wandte Kurt ein.

Da Ella die Erfindung für die eigene Firma sichern wollte, war dies in ihren Augen keine Lösung. »Es gibt noch eine andere Möglichkeit«, erklärte sie. »Diese bedingt jedoch, dass wir Deutschland verlassen und nach England übersetzen. Es gibt an der Grenze zu Schottland einen Ort, an dem jeder heiraten kann, ohne auf ein Aufgebot und den Einspruch unwilliger Väter Rücksicht nehmen zu müssen. Dieser Ort nennt sich Gretna Green.«

»Aber gleich nach England?«, rief Kurt, fand dann aber, dass es ein dummer Einwand war, und senkte den Kopf. »Ich folge dir überallhin!«

»Dann ist unser nächstes Ziel Hamburg. Von dort laufen Schiffe nach England aus. Wir nehmen das erste!«

Ella hatte schon einige Reisen unternommen und fühlte sich gerüstet. Anders als sie hatte Kurt Deutschland noch nie verlassen. Er wollte jedoch keine Einwände vorbringen und fragte Ella daher, wie sie sich die Reise vorstellte und was er tun konnte, damit diese nicht bereits kurz nach Beginn scheiterte.

»Wenn es dir möglich ist, solltest du Samstag freinehmen und nach Hamburg fahren. Dort erkundigst du dich nach einem Schiff, das nach England oder, noch besser, nach Schottland fährt, und besorgst nach Möglichkeit drei Billetts für uns beide und meine Zofe.«

»Für welchen Tag?«, fragte Kurt von einem gewissen Wagemut erfüllt.

»Da wir am Tag der Verlobung fliehen werden, sollte es der Nachmittag des folgenden Tages sein. Damit haben wir Zeit genug, den Hafen zu erreichen«, antwortete Ella lächelnd und dachte dabei, dass diesem hochedlen Herrn an jenem Abend eine deftige Überraschung bevorstehen dürfte.

Das Verlobungsfest

1.

Ewald von Gras war überglücklich, denn sein Traum, seine Tochter in den höchsten Kreisen zu verheiraten, wurde tatsächlich Wirklichkeit. Daher entwickelte er in den folgenden Tagen eine unermüdliche Betriebsamkeit, damit das Schloss nach seinen Wünschen für die Verlobungsfeier geschmückt und die Einladungskarten gedruckt wurden. Von Gras forderte von allem nur das Feinste, und das bezog auch das Kleid mit ein, welches Ella tragen sollte.

Da die Schneiderin in der Kreisstadt seinen hohen Ansprüchen nicht genügte, schickte von Gras seine Tochter und Roswith nach Berlin, damit sie sich dort einkleiden ließen. Sie mussten in Begleitung des Haushofmeisters in die Hauptstadt fahren und dort die angesagteste Modeschneiderin aufsuchen. Für Ella hieß dies, dass sie Kurt frühestens am Tag vor der Verlobungsfeier wiedersehen konnte. Einen Vorteil aber bot die Reise nach Berlin. Ihr Vater hatte ihr eine Menge Geld mitgegeben, damit sie sich das schönste Kleid anfertigen lassen konnte.

Das, welches sie wählte, war zwar recht teuer, aber wie die Modistin war auch sie der Meinung, dass schlichte Eleganz für eine junge Dame am geeignetsten wäre. Daher blieb ein gewisser Teil der bewilligten Summe übrig und wanderte in die Kasse, die Ella für ihre Flucht vorgesehen hatte. Roswith verzichtete ganz auf ein neues Kleid, weil sie, wie sie sagte, bereits ein passendes habe. So konnte Ella auch dieses Geld sparen.

»Ich danke dir so sehr!«, sagte sie zu Roswith, als sie am Vortag der Feier wieder nach Hause kamen. »Mit diesem

Geld können Kurt und ich einige Monate durchstehen. Irgendwann wird Vater einsehen, dass mein Glück wichtiger ist als Rang und Adel.«

»Du bist so mutig!«, sagte Roswith bewundernd. »Ich würde so etwas niemals wagen.«

»Ich bin nun einmal aus einem anderen Stoff gemacht als du. Du wirst dich wahrscheinlich in den Mann verlieben, den dein Vater für dich aussucht. Hat er bereits Andeutungen gemacht, wer es sein könnte?«

Roswith schüttelte den Kopf. »Nein! Er sagte allerdings, dass er einen Schwiegersohn haben will, der einmal seine Bank weiterführen wird.«

»Den wird er auch finden.« Ella lächelte nachsichtig. In gewisser Weise war Roswith ein Schäfchen, ein sehr süßes zwar, aber ohne auch nur eine Handvoll Durchsetzungsvermögen.

Roswith wiederum dachte an die jungen Männer, die gelegentlich bei ihnen zu Gast waren. Es war niemand unter ihnen gewesen, bei dem ihr Herz auch nur einen Tick schneller geschlagen hätte. Ich habe ein anderes Gemüt als Ella, dachte sie. Meine Freundin hat sich ihren Kurt ausgesucht und wird alles tun, um ihn auch zu bekommen. Ihr würde der Vater einmal seinen zukünftigen Schwiegersohn vorstellen, und sie konnte nur hoffen, dass er ihr auch behagte.

»Du könntest mir noch einen Gefallen tun.«

Ellas Bemerkung riss Roswith aus ihren Gedanken. »Wenn es mir möglich ist, gerne.«

»Es würde auffallen, wenn ich das Haus heute noch einmal verlasse. Daher musst du für mich zum Wäldchen reiten. Kurt will dort um siebzehn Uhr auf mich warten. Du musst ihm diesen Brief übergeben. Sei jedoch vorsichtig, denn er darf niemals in falsche Hände geraten.« Ella sprach leise, da Irma im Nebenraum das neue Kleid und ihr Berlingepäck in die Schränke einräumte.

Roswith nahm das Briefchen entgegen und versteckte es unter ihrem Kleid. »Ich werde darauf achtgeben wie auf meinen Augapfel«, versprach sie und blickte auf die Uhr. »Wenn ich pünktlich sein will, muss ich bald losreiten. Welche Ausrede soll ich nennen, weil ich es ohne dich tue?« Die Frage war berechtigt, da Roswith bislang immer nur in Ellas Gesellschaft ausgeritten war.

Ella dachte an die Unruhe im Schloss, die durch das Ausschmücken des Festsaals und der Salons hervorgerufen wurde, und lachte leise. »Sag einfach, dir ist hier drinnen zu viel Betrieb.«

»Das werde ich tun!«, sagte Roswith und schloss Ella in die Arme. »Ich wünschte, wir müssten nicht zu solchen Schlichen greifen.«

»Mir wäre es auch viel lieber, aber du kennst meinen Vater. Wenn der sich etwas in den Kopf gesetzt hat, kann ihn auch eine feste Wand nicht aufhalten. Allerdings ist mein Kopf nicht weniger hart. Doch das muss ich ihm erst beibringen!« Ella küsste ihre Freundin auf beide Wangen und schob sie dann in Richtung Tür. »Du musst dein Reitkostüm anziehen! Da auch deine Zofe mit Schmücken beschäftigt ist, werde ich dir Zofendienste leisten.«

2.

Eine halbe Stunde später trabte Roswith auf das Wäldchen zu und fragte sich, worauf sie sich eingelassen hatte. Wenn Ellas Vater erfuhr, dass sie seiner Tochter zur Flucht verholfen hatte, würde sie bereits übermorgen die Heimreise antreten müssen. Zu Hause würde ihr Vater ihr einiges erzählen – und das Dumme war, dass er damit recht haben dürfte. Ein wohlerzogenes Mädchen riss nun einmal nicht vor einer Ehe aus, die ihr so viele Vorteile bot, wie es bei Ella und Graf Bernhard der Fall war.

Die Freundin im Stich zu lassen, war jedoch undenkbar, und so betete sie, dass sich alles in Wohlgefallen auflösen würde. Vorerst aber galt es, Kurt Löhr Ellas Botschaft zu überbringen. Roswith fragte sich, auf welche Weise die beiden fliehen würden. Zwar war sie froh, nicht in ihre Pläne eingeweiht zu sein, machte sich aber umso mehr Sorgen. Ihrer Vorstellung nach mussten die beiden sich in einem der ärmeren Viertel von Berlin verstecken, um nicht gefunden zu werden, und dort lebte viel übles Volk.

Hoffentlich haben sie wenigstens genug Geld, dachte sie. Der junge Ingenieur sah nicht so aus, als verfüge er über Reichtümer. Sie selbst hatte alles, was sie irgendwie entbehren konnte, Ella überlassen. Die paar Münzen in ihrer Börse reichten gerade noch für zwei Zugfahrkarten zweiter Klasse für sich und ihre Zofe.

Am Treffpunkt wartete Kurt Löhr bereits auf ihre Freundin. Besorgt blickte er ihr entgegen. Roswith blieb auf ihrem Pferd sitzen und zog Ellas Brief hervor. »Guten Tag, Herr Löhr! Ella lässt sich entschuldigen, da ihr Fehlen zu Hause auffallen könnte. Sie hat mich gebeten, Ihnen diesen Brief zu übergeben«, sagte sie und streckte ihm den Umschlag entgegen.

Kurt ergriff ihn mit einer Miene, als erwarte er, Ella hätte es sich anders überlegt und würde nun doch den jungen Grafen heiraten. »Sagte sie sonst noch etwas?«

Roswith schüttelte den Kopf. »Nein! Ella und ich haben doch vereinbart, dass ich nichts erfahren soll, damit ich nichts verraten kann.«

Zögernd öffnete Kurt den Umschlag und zog das Schreiben heraus. Seine besorgte Miene glättete sich bereits nach den ersten Zeilen. »Sie ist so wundervoll!«, rief er voller Inbrunst. »Ich weiß nicht, wie ich es verdient habe, von einem solchen Engel geliebt zu werden.«

»Erlauben Sie, dass ich mich nun verabschiede?« Roswith winkte ihm zum Abschied zu und zog die Stute herum. Während sie in leichtem Trab zu von Gras' Schloss zurückkehrte, dachte sie, dass Liebe etwas Seltsames sein musste. Sie trieb Menschen wie ihre sonst so beherrschte Freundin und einen jungen, von Erfindergeist erfüllten Ingenieur zu solch wilden Kapriolen.

3.

Der entscheidende Tag brach an. Während Roswith vor Aufregung kaum Schlaf gefunden hatte, tauchte Ella erst spät zum Frühstück auf. Ihr Vater war bereits gegangen, und Roswith ließ gerade ihren Teller abtragen.

»Guten Morgen, du Murmeltier!«, begrüßte sie die Freundin.

»Was heißt hier Murmeltier?«, antwortete Ella lachend. »Heute ist mein Verlobungsfest! Da ist es gut, sich vorher auszuruhen, denn es wird gewiss ein langer Tag.« Sie sagte es mit einer Begeisterung, als gäbe es keinen Kurt Löhr und sie freute sich auf eine Heirat mit Graf Bernhard.

Roswith bewunderte Ellas Selbstbeherrschung. Sie selbst würde wohl vor Furcht und Aufregung zittern und keinen geraden Satz herausbringen.

»Dein Vater ist bereits in die Fabrik gefahren«, sagte sie, um nicht stumm wie ein Fisch dazusitzen.

»So? Ist er das? Ich werde ihn gewiss beim Mittagessen sehen.« Ella winkte einen Lakaien heran. »Ich werde nur ein leichtes Frühstück zu mir nehmen. Kaffee und Toast reichen mir.«

»Wenn es heute Abend so spät wird, solltest du etwas mehr essen«, meinte Roswith.

»Das werde ich zu Mittag tun!« Ella wirkte bestens gelaunt, lachte viel und verwickelte Roswith in ein Gespräch über eine gemeinsame Bekannte, die beiden nicht gerade in bester Erinnerung geblieben war.

Nach dem Frühstück zogen sie sich um und machten einen Spaziergang. Hätte Roswith nicht gewusst, dass ihre Freundin an diesem Tag ausreißen wollte, wäre ihr nicht das Geringste aufgefallen.

Vor dem Mittagessen trennten sie sich, um sich zurechtzumachen, und trafen fast zur selben Zeit wie Ewald von Gras im Speisezimmer ein. Dieser begrüßte seine Tochter lächelnd.

»Nun, Ella, bist du sehr aufgeregt? Es ist heute immerhin ein großer Tag für dich!«

»Was heißt aufgeregt?«, antwortete Ella. »Das werde ich erst sein, wenn ich vor dem Traualtar stehe.«

»Das wird nicht mehr lange dauern! Ich habe mit Graf Hohenrath vereinbart, die Verlobungszeit möglichst kurz zu halten.«

Von Gras wirkte sehr zufrieden, fand Roswith. Umso größer würde seine Enttäuschung sein, wenn sich seine Pläne in Luft auflösten. Irgendwie tat er ihr leid. Seit er reich genug war, um es sich leisten zu können, versuchte er, Anerkennung bei den hohen Herrschaften zu erlangen. Wenn nun die geplante Heirat seiner Tochter mit dem jungen Hohenrath nicht zustande kam, würde er wohl für all jene, die gesellschaftlich etwas zu sagen hatten, zu einer Spottfigur werden. Sah Ella das voraus?, fragte sie sich. War ihre Freundin vielleicht zu eigensinnig?

In ihren Gedanken versunken, trug Roswith nichts zur Unterhaltung bei, die sich an diesem Mittag ausnahmsweise zwischen Vater und Tochter entspann. Als der Nachtisch aufgetragen wurde, hob Ella um Aufmerksamkeit heischend die Hand. »Ich muss nach dem Essen noch einmal in die Stadt, Vater! Irma will noch ein paar Bänder an das Kleid nähen, doch wir haben nichts Passendes zur Hand. Daher werde ich mit Irma zusammen die Bänder aussuchen.«

»Tu das, mein Kind!« Ewald von Gras zog seine Börse aus der Tasche und reichte ihr ein paar Banknoten. »Hier! Du wirst Geld brauchen.«

»Ich danke dir, Vater! Ich hatte bereits Angst, ich müsste die Rechnung schuldig bleiben.« Ella lächelte so selig, dass ihr Vater schmunzelte.

»Es wäre ja noch schöner, wenn meine Tochter ihre Rechnungen nicht mehr bar bezahlen könnte.«

»Es ist so lieb von dir!« Ellas Freude war echt, denn mit der Summe, die der Vater ihr eben zugesteckt hatte, konnten Kurt und sie noch einige Wochen länger auskommen.

Roswith hingegen fühlte sich schuldig, weil sie mithalf, Ellas Vater zu täuschen. »Soll ich mitfahren und aussuchen helfen?«, fragte sie Ella, um auf andere Gedanken zu kommen.

Ihre Freundin schüttelte den Kopf. »Nein! Du legst dich am Nachmittag hin, damit du den Verlobungsball durchstehst. Wer weiß, vielleicht kann ich bald auf deinem tanzen!« Ella stand auf. »Verzeiht, wenn ich euch jetzt verlasse! Doch je eher ich in die Stadt komme, umso eher bin ich auch wieder zurück.«

»So ist es richtig!«, antwortete ihr Vater und erhob sich ebenfalls. »Das gilt auch für mich, denn je eher ich wieder in der Fabrik bin, umso schneller habe ich meine Arbeit dort getan.«

»Ich nehme Ellas Rat an und lege mich hin«, sagte Roswith mit müder Stimme.

Ewald von Gras verabschiedete sich mit dem Hinweis, dass sie am Abend hoffentlich nicht schlappmache.

Kaum war er gegangen, umarmte Ella ihre Freundin. »Wünsch mir Glück!«, sagte sie leise.

»Von ganzem Herzen!«, antwortete Roswith und flehte die Mächte des Himmels an, alles gut werden zu lassen.

4.

Ella hatte nicht für eine große Reise packen können, wollte aber auch nicht ohne Gepäck die Flucht antreten. Daher befahl sie nacheinander zwei Domestiken, je einen Koffer zum Wagen zu bringen. Jedem davon sagte sie, ihr Verlobungskleid befinde sich in dem jeweiligen Gepäckstück. Danach ließ sie sich von Irma für die Ausfahrt umkleiden und befahl dieser, mit ihr zu kommen.

Die Zofe dachte sich nichts dabei, denn Ella hatte bei Einkäufen schon mehrfach auf ihren Rat gehört. Als sie den offenen Wagen bestieg, wunderte sie sich jedoch über die beiden Koffer.

»In dem einen ist mein neues Kleid, und in dem anderen sind ein paar Stücke, die ich umändern lassen will. Als eine Gräfin muss ich mehr darstellen als jetzt«, erklärte ihr Ella.

In der Kreisstadt ließ Ella vor dem Haus der Schneiderin anhalten und stieg aus. »Stell die Koffer auf das Trottoir!«, befahl sie dem Kutscher und schien dann zu überlegen. »Da es etwas länger dauern kann, würde ich sagen, du fährst nach Hause und holst uns um siebzehn Uhr wieder ab. Das reicht, um mich für das Fest zurechtzumachen.«

Der Kutscher nickte und fuhr los, nachdem er die Koffer abgestellt hatte.

Irma musterte die Koffer mit einem schiefen Blick. »Die scheinen ja ganz schön schwer zu sein. Der Kutscher hätte sie besser ins Haus gebracht.«

»Das war nicht meine Absicht«, antwortete Ella lächelnd und winkte Kurt zu, der in seinem besten grauen Anzug gekleidet eiligen Schrittes näher kam.

»Du bist pünktlich!«, lobte sie ihn und wies auf die Koffer. »Nimm du einen! Den anderen kann Irma tragen.«

»Wohin?«, fragte ihre Zofe, da Ella keine Anstalten machte, das Haus der Schneiderin zu betreten, sondern schnurstracks in eine andere Richtung ging.

»Zum Bahnhof! Wir machen eine Reise«, antwortete Ella. Sie lächelte trotz ihrer Anspannung. Wenn wir jetzt nicht aufgehalten werden, ist es fast unmöglich, auszuforschen, wohin wir uns gewandt haben, dachte sie und winkte einem der Dienstleute, die beim Bahnhof auf Arbeit warteten.

»Wenn unser Kutscher gegen fünf Uhr nachmittags erscheint, so sage ihm, ich hätte bereits eine Gelegenheit gefunden, nach Hause zu fahren.«

»Sehr wohl, gnädiges Fräulein!«, antwortete der Mann.

Ella reichte ihm einen Taler und ging weiter. Eine Viertelstunde später saßen sie im Zug, und Ella atmete auf, als dieser losfuhr.

»Nun wird alles gut, mein Lieber«, sagte sie zu Kurt, der um einiges aufgeregter war als sie, und lehnte sich zurück.

Ihre Zofe starrte sie verwirrt an und begriff erst allmählich, dass ihre Herrin dabei war, mit dem jungen Ingenieur durchzubrennen.

Unterdessen hatte Roswith Ellas Vorschlag befolgt und sich hingelegt. Sie schlief wider Erwarten ein und durchlebte wilde Träume von Flucht und Verfolgung. Daher brauchte sie einige Augenblicke, um Traum und Wirklichkeit zu unterscheiden, als ihre Zofe sie sanft schüttelte. »Es tut mir leid, dass ich Sie wecken musste, aber Sie haben sehr lange geschlafen und müssen sich für die Feier fertig machen.«

»Die Verlobung!« Roswith schoss hoch. Im nächsten Moment fiel ihr ein, dass Ella um diese Zeit die Heimat längst hinter sich gelassen haben wollte. Hatte ihre Freundin es tatsächlich getan?, fragte sie sich und eilte noch im Nachthemd in deren Zimmer. Dort war alles still. Ella war fort, und auch von Irma gab es keine Spur. Nur auf dem Tisch lag unschuldig ein Kuvert.

»An meinen Vater«, las Roswith die Anschrift und begriff, dass die Wirklichkeit ihre Träume noch übertraf. Mit einem

Klumpen im Magen kehrte sie in ihr Zimmer zurück und wurde von ihrer Zofe mit leichtem Schelten empfangen.

»Jetzt habe ich Sie so spät geweckt, und dann laufen Sie mir auch noch davon! Sie müssen rasch ins Bad, und dann heißt es hurtig zu sein, wenn Sie früh genug zur Begrüßung der Festgäste fertig sein wollen.«

Roswith nickte und überließ sich den kundigen Händen ihrer Zofe. Insgeheim betete sie, dass alles so gut würde, wie sie es erhoffte.

5.

Auf Schloss Hohenrath machte sich um die gleiche Zeit Graf Bernhard zurecht. Zum ersten Mal seit Langem trug er einen zivilen Anzug und fühlte sich seltsam darin. Von nun an würde er sich immer so kleiden müssen, dachte er, hatte aber mittlerweile festgestellt, dass er das Militär nicht vermissen würde. Er hatte vor, von nun an seinen Besitz zu verwalten, damit er auf eigenen Beinen stand und nicht vom Vermögen seines Schwiegervaters abhängig war. Er hatte Hoffnung geschöpft, dass seine Ehe nicht ganz so entsetzlich werden würde, wie er befürchtet hatte. Immerhin hatte Ella von Gras sich bei seinem Besuch nicht danebenbenommen.

Sein Vater trat auf ihn zu, musterte ihn und nickte zufrieden. »Du machst auch im Gesellschaftsanzug eine gute Figur, mein Sohn. Von Gras kann sich nicht beklagen!«

»Mir wäre es lieber, wenn ich mich nicht beklagen müsste!« Bernhard atmete scharf durch und nickte dann. »Es bringt nichts, die Sache hinauszuzögern. Stellen wir uns also dem Feind!«

»Ich würde von Gras nicht als Feind bezeichnen, sondern als rettenden Entsatz«, mahnte ihn sein Vater.

»Ein recht ungehobelter Entsatz, mit einer Tochter, die erst lernen muss, was Lebensart ist«, spottete Bernhard und zuckte dann mit den Schultern. »Da es nun einmal so ist, müssen wir es akzeptieren.«

»Dann komm!«

Die beiden verließen das Schloss und stiegen in den Wagen. Während der Fahrt hingen sie ihren Gedanken nach. Graf Rudolf war froh, dass ihnen die Heimat erhalten blieb. Aber er bedauerte es zutiefst, dass sein Sohn den Preis dafür zu zahlen hatte. Bernhard hingegen sagte sich, dass die Sache nun einmal nicht mehr zu ändern war und er versuchen musste, das Beste daraus zu machen.

»Wenn es denn möglich ist«, murmelte er.

Sein Vater blickte ihn an. »Was sagst du?«

»Ich habe nur laut gedacht!« Bernhard blickte auf von Gras' Schloss. Bereits die Auffahrt war mit Blumen und Girlanden geschmückt, und auf dem Vorplatz hingen bunte Lampions, die später am Abend entzündet werden sollten. Wie es hieß, hatte ihr Gastgeber auch ein Feuerwerk vorbereiten lassen.

»Nach diesem Abend werden die Leute einiges zu erzählen haben«, sagte Bernhard seufzend, als er ausstieg.

Sie waren nicht die ersten Gäste. In der Vorhalle tummelten sich bereits mehrere Dutzend Mitglieder der tonangebenden Gesellschaft und ließen sich den Begrüßungstrunk schmecken, den von Gras' Lakaien verteilten. Bernhard und sein Vater wurden devot empfangen und sofort zum Hausherrn geführt.

Von Gras trug Frack und Fliege und sah erneut eher wie ein Pinguin aus als wie ein Mann von Welt. Freudestrahlend kam er den beiden Grafen entgegen.

»Was für ein herrlicher Tag!«, rief er. »Davon habe ich jahrzehntelang geträumt.«

»Guten Tag, Herr von Gras!«, grüßte Graf Rudolf, während Bernhard eine Verbeugung vor seinem zukünftigen

Schwiegervater andeutete. Dieser warf einen Blick auf seine Taschenuhr.

»Nun sollte Ella gleich kommen und Sie begrüßen. Anschließend gilt es, die Gäste zu empfangen. Es haben alle zugesagt, die eingeladen worden sind.«

Die Leute wollen sich dieses Schauspiel nicht entgehen lassen, dachte Bernhard und antwortete mit einer Floskel.

Die Minuten vergingen. Langsam wurde von Gras ungeduldig und klopfte ein paarmal mit der Fußsohle auf den Boden. »Wo Ella nur bleibt? Auch Roswith ist noch nicht da.«

Gerade als er es sagte, eilte die Freundin seiner Tochter auf ihn zu. »Verzeihen Sie, aber ich habe mich versäumt!«

»Wo ist Ella?«, fragte von Gras.

Roswith senkte den Kopf, brachte es aber nicht fertig, die Flucht ihrer Freundin zu gestehen. »Ich habe sie seit heute Mittag nicht mehr gesehen.«

»Sie muss sofort erscheinen! Unsere Gäste werden schon ungeduldig«, rief von Gras verärgert und schickte einen Diener in Ellas Zimmer.

Der Mann kam nach einer Weile ratlos zurück. »Verzeihen Sie, gnädiger Herr, aber ich habe das gnädige Fräulein nicht in ihren Gemächern angetroffen!«

»Das kann nicht sein!«, erwiderte von Gras fassungslos. »Schau noch einmal nach!«

»Wenn der gnädige Herr es wünschen!« Der Diener ging und blieb diesmal etwas länger aus. Als er wieder erschien, hielt er einen Umschlag in der Hand. »Verzeihen Sie, gnädiger Herr! Fräulein Ella ist nicht aufzufinden. Auf dem Tisch ihres Salons fand ich dieses Kuvert!« Er reichte von Gras den Umschlag.

Dieser öffnete verwirrt den Brief. Sein Gesicht wurde zuerst blass, nahm dann aber die Farbe schweren Burgunderweins an. Augenblicke später stieß er einen Wutschrei aus, der im gesamten Schloss widerhallte.

»Was ist geschehen?«, fragte Bernhard verwundert.

»Auf und davon ist sie! Durchgebrannt mit einem Lumpen, den ich selbst in meine Firma aufgenommen habe!«, schrie von Gras außer sich vor Zorn.

»Aber das kann doch nicht sein!« Graf Rudolf nahm ihm den Brief aus der Hand und las ihn laut vor.

Geliebter Vater!
Da du stets mein Glück im Auge hast, wirst du verstehen, dass ich meinem Herzen folgen muss. Ich liebe Kurt Löhr, der deiner Firma bald eine bahnbrechende Erfindung bescheren wird. Diese wird deinem Namen mehr Ehre machen, als es meine Heirat mit einem Grafen Hohenrath vermag. Du wirst bald erkennen, dass ich richtig gehandelt habe.
Deine dich liebende Tochter Ella

Roswith blickte scheu zu Graf Bernhard hin und fand, dass er diese Situation mit bewundernswerter Selbstbeherrschung hinnahm. Sein Vater hingegen konnte seinen Zorn nicht verbergen.

»Wenn dies so ist, ist unseres Bleibens hier nicht länger!«

»Gehen Sie nur samt Ihrem feudalen Sohn!«, brüllte von Gras, der in seiner Wut ein Opfer brauchte.

Graf Rudolf winkte seinem Sohn, ihm zu folgen, und verließ grußlos den Raum. Nach kurzem Zögern folgte Bernhard ihm. Zum einen war er froh, einer Ehe mit Ella entkommen zu sein, zum anderen aber war er in Sorge, weil die Schulden in Höhe von zweihunderttausend Talern noch immer auf ihren Schultern lasteten und von Gras diese nun mit Gewissheit zurückfordern würde.

Ewald von Gras stand noch einige Augenblicke wie erstarrt, dann übermannte ihn die Wut, und er schleuderte fluchend die prachtvollen Blumenarrangements durch den Raum. Einige Gäste waren von seinem Brüllen hereingelockt worden und sahen ihm voller Hohn und Spott zu.

Für Roswith war es schrecklich, dies miterleben zu müssen. Weg, nur weg!, dachte sie und wollte in ihr Zimmer fliehen. Da vernahm sie, wie zwei Gäste Bernhards Namen nannten, und blieb unwillkürlich stehen.

»Das vergönne ich den Hohenraths!«, fuhr der Sprecher fort. »Die dachten, sie könnten ihren feudalen Lebensstil durch Bernhards Heirat mit dieser Talerprinzessin so weiterführen, wie sie es gewohnt sind. Nun aber werden sie den Gürtel enger schnallen müssen!«

»Wenn es nur das wäre!«, antwortete sein Gegenüber lachend. »Der alte Graf hat bei Gras so viele Schulden angehäuft, dass er diesem seinen Sohn als Schwiegersohn andrehen wollte. Da nun nichts daraus wird, heißt es für ihn zu zahlen, und weil er das nicht kann, bleibt ihm als Mann von Ehre nichts anderes übrig, als sich eine Kugel in den Kopf zu jagen. Sein Sohn wird ins Ausland gehen müssen, denn hier in Deutschland bringt er kein Bein mehr auf die Erde.«

Die Worte trafen Roswith wie ein Schlag. Daran hat Ella gewiss nicht gedacht! Wenn sich Graf Rudolf wirklich erschoss und Graf Bernhard das Land verließ, würde immer ein Schatten über dem Glück ihrer Freundin liegen. Und das war noch nicht alles! Die Menschen würden Ella die Schuld am Tod des alten Grafen und dem Schicksal des Sohnes geben und sie für den Rest ihres Lebens schneiden. Der gesellschaftliche Aufstieg, den Ewald von Gras sich so sehr wünschte, bliebe seiner Tochter auf jeden Fall verwehrt.

»Und ich habe dabei mitgeholfen!«, rief Roswith und eilte auf ihr Zimmer.

Dort warf sie sich weinend aufs Bett und wünschte sich eine gute Fee, die mit ihrem Zauberstab alles wiedergutmachen könnte. Doch Feen gab es nur im Märchen, und so würde das Verhängnis seinen Lauf nehmen. Roswith stellte sich zitternd vor, wie der alte Graf und sein Sohn voneinander Abschied nahmen und der Vater die todbringende Waffe ergriff.

»Das darf nicht geschehen!«, rief sie entsetzt. Doch wie konnte sie es verhindern? »Es gibt nur eine Möglichkeit, aber dafür muss ich rasch handeln!«

Sie sprang auf und eilte an ihrer verdutzten Zofe vorbei aus dem Zimmer. Auf dem Flur begann sie zu rennen, verließ das Schloss durch einen Hintereingang und erreichte schließlich den Stall. Hier war niemand zu sehen und nur das gelegentliche Stampfen der Pferde in ihren Boxen zu hören.

Zuerst überlegte Roswith, nach einem Stallknecht zu rufen. Dann aber fiel ihr ein, dass diese sich alle vor dem Schloss aufhielten, weil sie sich um die Pferde der Gäste kümmern mussten. Doch sie hatte keine Zeit mehr zu verlieren. Rasch holte sie Satteldecke, Sattel und Zaumzeug und sattelte ihre Stute. Zwar hatte sie es noch nie selbst getan, aber so oft zugesehen, dass sie gut zurechtkam.

Danach führte sie die Stute zu einer Treppe, stieg auf die zweite Stufe und gelangte auf diese Weise in den Sattel, ohne dass ihr Festkleid sie behinderte. Sie wartete gerade so lange, bis sie einen festen Sitz hatte, dann trieb sie die Stute an. Noch war es nicht ganz dunkel, und so konnte sie im vollen Galopp reiten. Während sie über die Wiesen in Richtung Hohenrath fegte, flehte sie die Mächte des Himmels an, sie nicht zu spät kommen zu lassen.

6.

Graf Bernhard und sein Vater schwiegen während der Heimfahrt. War Bernhard in erster Linie über Ellas Verhalten empört, dachte Graf Rudolf an die Konsequenzen, die die geplatzte Verlobung nach sich ziehen würde.

»Wir sollten das Unabänderliche nicht hinauszögern«, sagte er zu seinem Sohn.

»Was heißt das?«

»Wir werden noch heute unser Haus bestellen und einen Schlussstrich ziehen.«

Jetzt begriff Bernhard, was sein Vater meinte, und sah diesen entsetzt an. »Dafür gibt es keinen Grund! Wir sind die Betrogenen, nicht von Gras.«

»Dieser Mann besitzt meine Schuldscheine und wird nach diesem Eklat nicht zögern, sie einzufordern.«

»Das wäre unehrenhaft!«, fuhr Bernhard auf.

»Es geht um viel Geld, für das von Gras etwas bekommen wollte, das er nun nicht erhalten wird. Was heißt außerdem Ehre? Ich kenne viele Leute, doch kaum einem von ihnen würde ich zutrauen, aus einem solchen Grund auf die Rückzahlung von zweihunderttausend Talern zu verzichten.«

»Er mag sein Geld bekommen, Vater. Hohenrath ist weitaus mehr wert als diese Summe! Zwar können wir es als Fideikommiss nicht verkaufen. Doch sobald von Gras sein Geld fordert und Sie nicht zahlen können, kommt es zur Zwangsversteigerung. Diese wird zwar nicht den wahren Preis erzielen, aber so viel, dass wir beide das Land verlassen und anderswo ein neues Leben beginnen können.« Bernhards Stimme klang beschwörend, doch sein Vater schüttelte den Kopf.

»Das ist der Weg, den du gehen musst!«, sagte er mit einem bitteren Lächeln. »Ich hingegen werde das tun, was meine Pflicht ist. Wenn ich mich zu meinen Ahnen begebe, so will ich es als ein Mann von Ehre tun, und nicht als jemand, der vor den Konsequenzen seines Handelns zurückgeschreckt ist. Außerdem geht es um dich, mein Sohn. Nur, wenn ich sterbe, bleibt dein Name unbefleckt.«

»Ich lebe lieber mit einem befleckten Namen als ohne Sie, zumal es in den Vereinigten Staaten von Amerika nicht zählt, woher man kommt und was man einmal war!« Bernhard versuchte, seinen Vater von seinem Entschluss abzubringen, spürte aber rasch, dass er nicht mehr zu ihm durchdrang.

Graf Rudolf trat in sein Jagdzimmer, nahm eine Pistole aus einem Fach und lud sie sorgfältig. Nachdem er sie gespannt hatte, sah er seinen Sohn traurig an. »Verzeih mir, dass ich versagt und dich in diese Lage gebracht habe.«

Bernhard senkte betroffen den Kopf. »Ich habe Ihnen nichts zu verzeihen, Vater. Es ist auch meine Schuld! Ich hätte nicht zum Heer gehen und Offizier werden, sondern zu Hause bleiben und Ihnen bei der Verwaltung unseres Besitzes helfen sollen.«

»Du bist nur der Tradition unseres Hauses gefolgt und im Gegensatz zu mir sogar mit deinem monatlichen Zuschuss ausgekommen. Mir ist dies nur selten gelungen. Doch nun leb wohl! Mögen wieder bessere Tage für dich kommen!«

In Bernhard drängte alles, den Vater daran zu hindern, es zu tun. Er kannte jedoch den rigorosen Ehrenkodex seiner Klasse und wusste, dass sein Vater als ehrlos gelten und ausgestoßen sein würde, wenn er diesem nicht gehorchte. Kein Edelmann, der etwas auf sich hielt, würde ihn dann noch eines Blickes würdigen.

Unterdessen setzte Graf Rudolf die Waffe an, und es konnte sich nur noch um Augenblicke handeln, bis er abdrückte.

Plötzlich einsetzender Lärm ließ den Grafen zögern. Eine helle Stimme erklang, dann wurde die Türe aufgerissen, und Roswith stürmte herein. Als sie die Pistole in der Hand des Grafen sah, rief sie entsetzt: »Um Himmels willen, tun Sie es nicht!«

Unwillkürlich senkte der Graf die Waffe. Sofort griff die junge Frau danach.

»Vorsicht!«, rief Bernhard besorgt. Er nahm die Pistole an sich und sicherte sie. Dann musterte er Roswith verwundert. »Weshalb sind Sie gekommen?«

»Es gibt noch eine Hoffnung für Sie und Ihren Vater«, sagte sie und sah mit schwer zu deutendem Blick zu ihm auf.

»Und welche?«, fragte Bernhard skeptisch, fühlte aber, dass ihm eine Hand zur Rettung gereicht wurde.

Sein Vater hingegen schüttelte den Kopf. »Wie sollte das gehen? Ella von Gras lehnt die Ehe mit meinem Sohn ab und ist mit einem anderen Mann geflohen.«

»Das weiß ich, und ich schäme mich zu Tode, weil ich ihr dabei geholfen habe«, sagte Roswith leise. »Dennoch ist nicht alles verloren. Da Ihr Sohn Ella nicht bekommt, muss er eine andere Braut mit reicher Mitgift heiraten.«

»Die gleich zur Tür hereinkommen wird«, spottete Bernhard.

Roswith schüttelte den Kopf. »Sie ist bereits hier! Mein Vater ist Bankier in Berlin und wird, wenn Sie mich heiraten, Ihrem Vater gewiss beistehen und seine Schulden bei von Gras begleichen.«

»Ich soll Sie heiraten?«, fragte Bernhard perplex. Verwundert musterte er die junge Frau. Sie war etwas kleiner als Ella, dunkelhaarig und hatte ein liebliches Gesicht. Er erinnerte sich daran, dass sie im Zug im Gegensatz zu Ella von Gras sehr positiv aufgefallen war.

Dennoch, es war unmöglich. »Ich würde ein Schurkenstück mit einem Schurkenstück beantworten«, sagte er schroff.

»Ella hat kein Schurkenstück begangen, sondern ist ihrem Herzen gefolgt. Wenn jemand Schuld trägt, so ist es ihr Vater, der sie zur Heirat mit Ihnen zwingen wollte, ohne sich darum zu kümmern, was meine Freundin wünscht und fühlt.«

»Es wäre eine Möglichkeit, die uns alle das Gesicht wahren lässt, sogar Ewald von Gras und seine Tochter«, wandte Graf Rudolf nachdenklich ein.

»Wie meinen Sie das, Vater?«, fragte Bernhard.

»Der Skandal um deine geplatzte Verlobung mit Ella von Gras wird irgendwann vergessen sein. Der Untergang von Hohenrath hingegen würde an Vater und Tochter kleben bleiben wie Pech.«

Bernhard wollte schon fragen, was die beiden ihn scherten. Dann aber sah er die Pistole an, die noch immer auf dem Tisch lag. Wenn er Roswiths großherziges Angebot ausschlug, würde er den Tod seines Vaters betrauern müssen und selbst seine Heimat verlieren. Sie war offenbar von edlem Wesen und dazu bereit, sich für das Glück der Freundin zu opfern.

»Dann sei es!«, sagte er und kniete vor Roswith nieder. »Ich werde alles tun, um Ihnen der Ehemann zu sein, den Sie verdienen. Sollte ich jemals vergessen, was Sie für uns getan haben, soll Gott mich strafen.«

»Ich danke Ihnen, Graf Bernhard!« Roswith atmete auf, weil es ihr gelungen war, ihn zu überzeugen. Gleichzeitig fragte sie sich, wie ihre Eltern dazu stehen würden, und verspürte eine gewisse Angst.

»Wir werden es noch meinem Vater mitteilen und ihn bitten müssen, uns seinen Segen zu geben!« Und wenn nicht, werde ich Ellas Beispiel folgen und Graf Bernhard bitten, mit mir zu fliehen. Dann kann auch Vater sich nicht mehr gegen diese Ehe sträuben, dachte sie und flehte den Himmel an, doch alles gut werden zu lassen.

Roswiths Belohnung

1.

Roswith fasste ängstlich nach Bernhards Hand. So ganz wohl war ihr nicht dabei, ihrem Vater gegenübertreten zu müssen. Zwar hatte sie ihm das, was geschehen war, bereits in einem Brief berichtet und darin auch ihre Schuld bekannt, Ella bei ihrer Flucht geholfen zu haben. Des Weiteren hatte sie erklärt, dass sie um ihres Gewissens willen Bernhard aufgefordert habe, die Ehe mit ihr einzugehen.

Die Antwort ihres Vaters war kurz und bündig gewesen. Graf Bernhard und sie hätten sich an diesem Tage bei ihm einzufinden. Hoffentlich versagt Papa Bernhard nicht die Unterstützung, betete sie, als sie auf die Tür zutraten. Es wäre entsetzlich, wenn er trotz ihres Bemühens doch noch seinen Vater und die Heimat verlieren würde.

Ein Diener öffnete ihnen. Obwohl er sich bemühte, eine unbeteiligte Miene zu zeigen, musterte er Roswiths Begleiter neugierig. Auch Clemens Schilcher tat dies, als das Paar in das Wohnzimmer eintrat, und ebenso seine Ehefrau Aleit. Während Roswiths Mutter bei der gediegenen Erscheinung des jungen Grafen ein wenig aufatmete, ließ Schilcher sich nicht anmerken, ob ihm der unerwartete Freier seiner Tochter zusagte oder nicht.

Bernhard deutete eine Verbeugung vor seinen möglichen Schwiegereltern an, wartete aber, bis er angesprochen wurde. Anders als er grüßte Roswith scheu.

»Guten Tag, Papa! Guten Tag, Mama! Ihr befindet euch hoffentlich wohl?«

Ihr Vater musterte sie durchdringend und kniff die Augen zusammen, als er einen bisher nie beobachteten, rebellischen

Zug bei seiner Tochter wahrnahm. »Deine Mutter und ich befinden uns wohl«, antwortete er. »Das Einzige, was uns betrübt, ist dein – ich muss es so sagen – unmögliches Verhalten! Ich hätte niemals für möglich gehalten, dass meine Tochter in der Lage wäre, sich einem Mann auf diese Weise an den Hals zu werfen.«

»Erlauben Sie mir zu bemerken, dass Ihr Fräulein Tochter nichts getan hat, was zu bemängeln wäre, außer dem Ruf ihres Herzens und ihrem Sinn für Gerechtigkeit zu folgen«, verteidigte Bernhard seine Begleiterin. »Des Weiteren erkläre ich feierlich, dass nichts zwischen Ihrem Fräulein Tochter und mir geschehen ist, das Anstoß erregen könnte. Sie befand sich in den letzten beiden Wochen als geachteter Gast auf Hohenrath.«

»Soviel ich weiß, fordert von Gras die geliehene Summe von Ihnen zurück. Sie sind daher gezwungen, reich zu heiraten, oder Sie werden verderben!« Schilcher klang hart, war aber gleichzeitig gespannt darauf, wie Bernhard sich aus der Affäre ziehen würde.

»Sollten Sie mir die Zustimmung zu einer Heirat mit Ihrer Tochter verweigern, werde ich das Los tragen, das mir das Schicksal auferlegt hat«, antwortete Bernhard.

»Vater! Nein, das darfst du nicht!«, rief Roswith und brach in Tränen aus.

Ihr Vater wechselte einen Blick mit seiner Frau. »Deine Mithilfe zu Ellas Flucht hätte schlimm enden können. Beinahe wäre Graf Bernhards Vater nichts anderes übrig geblieben, als sich selbst zu töten, und Graf Bernhard selbst hätte mit einem Bettel, der weit unter dem Wert seiner Besitzungen liegt, das Land verlassen müssen.«

»Ich konnte nicht anders handeln. Das verstehst du doch!«, rief Roswith verzweifelt.

»Ich verstehe, warum du es getan hast, kann es aber nicht gutheißen. Doch weil du uns vor vollendete Tatsachen stellst, müssen deine Mutter und ich deine Eskapade wohl hinnehmen«, erwiderte Schilcher mit kaum verhohlener Verärgerung.

Er wandte sich nun Bernhard zu. »Ich habe Erkundungen über Sie eingezogen. Ihr Lebenslauf als Offizier ist eher langweilig zu nennen. Es gibt keine Skandale, keine bekannten Liebschaften und nur ein einziges Duell, und das wegen einer dummen Bemerkung, die ein anderer Offizier Ihnen gegenüber gemacht hat.«

»Er nannte mich im betrunkenen Zustand einen traurigen Tropf, weil ich mich weigerte, die Wette anzunehmen, ob er es wagen würde, seinen, Verzeihung, unbekleideten Hintern zum Fenster des Wirtshauses, in dem wir saßen, hinauszustrecken. Ich habe ihn dann in ebenso betrunkenem Zustand gefordert. Wir vereinbarten, so lange zu schießen, bis Blut fließt«, berichtete Bernhard mit verkrampfter Miene.

»Und? Floss Blut?«, fragte Roswiths Mutter mit Abscheu.

Bernhard nickte. »Ich habe meinen Duell-Gegner an der Spitze seines kleinen Fingers getroffen. Es war nicht mehr als ein Kratzer, aber unsere Regimentskameraden waren der Meinung, dass damit unserer Ehre Genüge getan sei, und drängten darauf, das Duell im nächsten Gasthaus zu begießen.«

Trotz ihrer Anspannung gluckste Roswith belustigt, während ihr Vater Bernhard noch einmal durchdringend musterte. »Anders als mein Freund Ewald von Gras war ich nie darauf aus, einen Adelstitel zu erlangen oder meine Tochter mit einem Herrn von Rang zu verheiraten. Ich wollte stets einen Schwiegersohn, der als Bankier in meine Fußstapfen treten kann. Von diesem Vorsatz gehe ich auch jetzt nicht ab. Wenn Sie meine Tochter heiraten wollen, müssen Sie lernen, ein Bankier zu sein. Ihren Besitz wird vorerst noch Ihr Vater führen. Später wird ein Verwalter dafür eingestellt. Wenn Sie meinen Ansprüchen genügen, ist es für mich ein gutes Geschäft. Ich zahle zweihunderttausend Taler für etwas, das für meine Enkel einmal den Wert von weit über einer Million haben wird.«

Roswith hörte ihrem Vater mit wachsender Angst zu. Für einen Adeligen wie Bernhard war Grundbesitz die einzig standesgemäße Art zu leben. Würde er wirklich bereit sein, Bankier zu werden? Während sie in Gedanken flehte, er solle es tun, begriff sie in aller Klarheit, dass sie sich bereits beim ersten Mal, als sie Bernhard gesehen hatte, in diesen verliebt hatte. Doch würde auch er sie noch lieben können, wenn er das Angebot ihres Vaters annahm?

Bernhard sah ihren ängstlichen Blick auf sich gerichtet und spürte ihre Bereitschaft, alles für ihn zu tun. Ein so liebes und edles Geschöpf habe ich nicht verdient, dachte er. Und darüber hinaus noch ein so schönes Geschöpf, fügte er in Gedanken hinzu.

Entschlossen verbeugte er sich vor ihrem Vater. »Herr Schilcher, es ist mir eine große Ehre, Sie um die Hand Ihrer Tochter zu bitten, und ebenso, in Ihrer Bank arbeiten zu dürfen.«

Roswith fiel ein Stein vom Herzen, und sie eilte auf ihn zu. Zu küssen wagte sie ihn nicht, stattdessen fasste sie nach seinen Händen. »Sie machen mich überglücklich!«

Dann sah sie ihren Vater an. »Darf ich eine Bitte äußern?«

Clemens Schilcher hob misstrauisch die Augenbrauen. »Noch eine?«

»Meine Freundin Ella hat Kurt Löhr gewählt, weil sie ihm nicht nur eine Ehefrau, sondern auch eine Gefährtin sein kann und ihn in vielen geschäftlichen Dingen beraten will. Dies würde ich auch gerne tun, müsste dafür aber lernen, was man als Bankier wissen muss.«

»Es ist ein ungewöhnlicher Wunsch für eine Frau. Doch wenn dein Bräutigam einverstanden ist, soll er dir erfüllt werden«, antwortete Schilcher.

Alle blickten Bernhard an, der nach kurzer Überlegung nickte. »Manchen Männern mag Roswiths Wunsch seltsam erscheinen, da sie Frauen nicht den Verstand zutrauen, der dafür nötig ist. Ich habe aber in unserer Nachbarschaft zwei Damen erlebt, die nach dem Tod ihrer Ehemänner als Witwen die Güter für ihre minderjährigen Kinder verwaltet haben. Sie taten dies besser als die meisten männlichen Gutsbesitzer um sie herum. Daher freue ich mich, dass Roswith auch in dieser Angelegenheit an meiner Seite stehen will.«

»Dann soll es so sein!«, erklärte Schilcher.

Roswith küsste Bernhard nun doch und fand, dass er ein noch besserer Ehemann sein würde, als sie es sich bereits erhofft hatte.

2.

Drei Jahre waren ins Land gezogen. Neue Skandale waren auf die alten gefolgt, und viele Wellen, die einst hochgeschlagen waren, hatten sich gelegt. So war die misslungene Verlobungsfeier zwar nicht vergessen, doch die Leute lächelten nun mehr darüber, als dass sie sich erregten. An diesem Tag wurde Ewald von Gras die Genugtuung zuteil, dass die Herrschaften, die ihn damals verspottet hatten, einer nach dem anderen zum heutigen Fest erschienen. Es galt immerhin, seinen ersten Enkel zu feiern. Diese Tatsache, aber auch die, dass Kurt Löhr sich als wertvoll für seine Firma erwiesen hatte, hatte ihn längst mit seinem Schwiegersohn ausgesöhnt.

Auch nach Hohenrath war eine Einladung ergangen. Seit jenen Tagen hatte Ella ihre Freundin nur wenige Male kurz gesehen, aber nie offen mit ihr sprechen können. Daher hoffte sie von ganzem Herzen, dass Graf Bernhard bereit war, den Affront, den er durch sie hatte hinnehmen müssen, zu vergessen.

Auch Roswith wünschte sich, die alte Freundschaft wiederaufzunehmen, und hatte daher gedrängt, die Einladung anzunehmen. Nun trat sie an Bernhards Seite auf die Gastgeber zu.

Ella hatte ein wenig zugenommen und wirkte sehr zufrieden, ebenso ihr Mann, der Roswith selbstbewusster erschien als damals. Ewald von Gras strahlte sogar übers ganze Gesicht.

»Seien Sie uns willkommen!«, begrüßte er Roswith und Bernhard.

»Guten Tag, Herr von Gras!«

Bernhard lächelte, denn warum sollte er Altes aufwärmen. Als er vor Ella stand, dachte er daran, dass Roswith ihn beschworen hatte, in ihr nicht jenes vulgäre Geschöpf zu sehen, welches sie ihm damals vorgespielt hatte. Auch sah sie nun wie eine Dame aus. Trotzdem erleichterte es ihn, dass Roswith die Seine geworden war und nicht deren Freundin. Mit Ella wäre er niemals so glücklich geworden, wie es jetzt der Fall war.

Während Bernhard sich Kurt Löhr zuwandte, umarmte Ella Roswith und sah sie forschend an. »Verzeih mir, dass ich dich damals in eine so üble Situation gebracht habe. Ich war hinterher unendlich erleichtert, weil du die Grafen Hohenrath durch dein Opfer gerettet hast. Der Gedanke, ich wäre am Tod des alten Grafen schuld gewesen und auch daran, dass Graf Bernhard als Verfemter das Land hätte verlassen müssen, erschreckt mich heute noch.«

Roswith lächelte. »Es war kein Opfer, liebste Ella. Ich bin glücklich, wie es gekommen ist! Einen besseren Ehemann als Bernhard hätte das Schicksal mir nicht bescheren können.«

»Und mir keinen besseren als Kurt«, sagte Ella und umarmte Roswith ein weiteres Mal. »Wir reden auf jeden Fall später länger miteinander«, setzte sie hinzu, da die nächsten Gäste hereingeführt wurden, die sie begrüßen musste.

Roswith und Bernhard gingen weiter und wurden von einem livrierten Lakaien zu ihrem Platz geführt. Als sie sich setzten, blickte Roswith ihren Mann lächelnd an.

»Da ich glücklich bin, freut es mich, dass auch Ella es ist, obwohl …«

»Was meinst du?«, fragte Bernhard verwundert.

»So glücklich wie ich kann sie gar nicht sein!«

Personen

Ella von Gras – Fabrikantentochter
Ewald von Gras – Fabrikant
Roswith Schilcher – Ellas Gast
Aleit Schilcher – Roswiths Mutter
Clemens Schilcher – Roswiths Vater
Irma – Ellas Zofe
Bernhard von Hohenrath – junger Edelmann
Rudolf von Hohenrath – Graf Bernhards Vater
Dube – Hohenraths Kammerdiener
Kurt Löhr – Ingenieur

Hochemotionale Frauenschicksale zwischen Drama und Romantik: einfühlsam und filmisch erzählt

ANNETTE LANDGRAF

Glück wie Glas

In der entspannten Atmosphäre einer Kreuzfahrt plant Michaela, ihre kriselnde Ehe mit dem Opernstar Peer in Ordnung zu bringen. Doch sie hat die Rechnung ohne seinen Agent Rainer Pahnke gemacht. Der hat heimlich zwei Auftritte auf dem Schiff vereinbart und ist ebenfalls mit an Bord. Und er hält eine weitere Überraschung bereit: die überaus attraktive Sopranistin Antonella Sebaldi, die mit Peer gemeinsam auftreten soll. Als Michaela durch einen Zufall erfährt, dass sie schwanger ist, stellt dieser sie vor eine unmögliche Wahl.

Ein Joker fürs Glück

Nach einem schweren Unfall muss die junge Speditionserbin Julia Lensberg erkennen, dass einige Leute es nicht besonders gut mit ihr meinen. Nicht nur ihre Mutter will sie ausnutzen, auch in der Spedition muss sie sich gegen ihr völlig unbekannte Widerstände wehren. Hilfe erhält sie ausgerechnet von dem Mann, den sie am meisten verachtet, nämlich dem, den sie »Joker« nennt.

Glossar

Entsatz – ein während einer schlecht stehenden Schlacht zur Unterstützung herbeieilendes Heer

Fideikommiss – Wie bei einem Majorat muss auch hier der Besitz zusammenbleiben und darf nicht aufgeteilt werden. Er gehört aber nicht einem einzelnen Erben wie bei einem Majorat, sondern der gesamten Familie und wird von deren Oberhaupt geführt.

Majorat – Der Besitz geht ungeschmälert auf den ältesten Sohn über. Besondere Regeln verhindern den Verkauf des Besitzes. Im Fall zu großer Verschuldung kommt dieser unter den Hammer und kann von einem gleichrangigen Standesherrn erworben werden.

Quadratelle – Fläche eines Quadrats mit der Seitenlänge einer Elle, entspricht 0,3318 Quadratmeter

Remonten – Ersatzpferde für Kavallerie und Artillerie

Der Roman spielt in der Zeit König Wilhelms von Preußen, etwa Mitte des neunzehnten Jahrhunderts.